JUL 19 2013

Bianca™

Lynne Graham
Trampa desvelada

Editado por HARLEQUIN IBÉRICA, S.A.
Núñez de Balboa, 56
28001 Madrid

© 2012 Lynne Graham. Todos los derechos reservados.
TRAMPA DESVELADA, N.º 2214 - 27.2.13
Título original: The Secrets She Carried
Publicada originalmente por Mills & Boon®, Ltd., Londres.

I.S.B.N.: 978-84-687-2409-6
Depósito legal: M-39393-2012
Editor responsable: Luis Pugni
Fotomecánica: M.T. Color & Diseño, S.L. Las Rozas (Madrid)
Impresión en Black print CPI (Barcelona)
Fecha impresion para Argentina: 26.8.13
Distribuidor exclusivo para España: LOGISTA
Distribuidor para México: CODIPLYRSA
Distribuidores para Argentina: interior, BERTRAN, S.A.C. Vélez
Sársfield, 1950. Cap. Fed./ Buenos Aires y Gran Buenos Aires,
VACCARO SÁNCHEZ y Cía, S.A.

Capítulo 1

CRISTOPHE Donakis abrió el documento sobre el grupo hotelero Stanwick Hall, la que esperaba que fuera su próxima adquisición para su imperio hotelero de lujo, y sufrió una sorpresa inesperada.

No era fácil sorprender a Cristophe, pues el millonario griego había visto de todo en su vida a los treinta años. En lo que concernía a las mujeres, era un completo desconfiado que siempre se esperaba lo peor. Huérfano desde los cinco años, había sobrevivido a muchos percances, incluido un hogar de acogida en el que le habían querido pero con el que no había tenido absolutamente nada en común y un divorcio que todavía le dolía porque se había casado con las mejores intenciones. No, lo que le causó dar un respingo y tener que levantarse de la mesa para acercarse al ventanal fue que había visto una cara que se le hacía familiar en una fotografía del equipo ejecutivo de Stanwick.

Una cara del pasado.

Erin Turner era una Venus en miniatura de pelo claro y brillante como la plata y ojos del color de las amatistas. Aquella belleza de rasgos marcados ocupaba una categoría aparte en la memoria de Cristophe, pues había sido la única mujer que lo había traicionado y, aunque habían pasado ya tres años desde entonces, todavía lo recordaba. Su mirada inteligente ocupaba toda la fotografía en la que aparecía de pie, sonriente, del brazo de

Sam Morton, el propietario de Stanwick Hall. Iba vestida con un traje de chaqueta y llevaba el pelo recogido, lo que le confería un aire muy diferente al que él recordaba, el de una joven natural y atrevida.

Cristophe sintió que el cuerpo entero se le tensaba y se quedó mirando la fotografía con un brillo especial en los ojos. Su cerebro no tardó en recordar el cuerpo perfecto de Erin cubierto por seda y raso. También recordaba a la perfección sus maravillosas curvas y las caricias que sus manos le habían prodigado. Sintió que comenzaba a transpirar y tuvo que tomar aire varias veces, lenta y profundamente, para controlar la instantánea respuesta de su entrepierna. Por desgracia, no había vuelto a conocer a ninguna mujer como Erin, pero eso se explicaba perfectamente porque se había casado unos meses después y disfrutaba de la libertad de volver a estar soltero desde hacía muy poco. Aun así, era consciente de que encontrar a una mujer capaz de estar a la altura de su apetito sexual, e incluso a veces de dejarlo exhausto, era muy difícil. Cristophe se recordó a sí que era muy probable que, precisamente, su libido desmedida hubiera sido lo que había llevado a Erin a traicionarlo y a meter a otro hombre en su cama. La había dejado sola durante unas semanas para irse a trabajar al extranjero, así que, probablemente, la culpa había sido suya. A lo mejor, si ella hubiera accedido a acompañarlo, nada de aquello habría sucedido, pero Erin había preferido quedarse en Londres.

Cristophe observó a Sam Morton. Su lenguaje corporal era más que obvio. Aquel hombre, que debía de rondar los sesenta años, no podía ocultar el instinto protector que sentía hacia su directora de spas. Quedaba claro por cómo sonreía orgulloso y por cómo le pasaba el brazo de manera protectora sobre el hombro. Cristophe maldijo en griego y examinó la fotografía una vez más con la misma sensación: ¡Erin se estaba volviendo a acostar con el jefe! Aquello podría haberle hecho sentir algún tipo de satisfacción, pero no fue así. Se preguntó si a Morton también le estaría robando.

Cuando había descubierto que lo estaba engañando con otro, la había dejado, por supuesto, pero eso no le había impedido quedarse de piedra al descubrir que también le había estado robando. Confiaba en ella, había incluso pensando que podría ser una buena esposa para él, así que entrar en aquella habitación y encontrarse una cama revuelta, vasos de vino y ropas lo había dejado perplejo.

¿Y qué había hecho a continuación? Cristophe reconoció que, entonces, había cometido el error más grande de su vida, el error por el que todavía seguía pagando, había tomado una decisión de repercusiones a largo plazo y se había equivocado, lo que no le solía suceder jamás. Desde la perspectiva que le daba el tiempo, comprendía el fatal error que había cometido y no le quedaba más remedio que culparse a sí mismo por el daño que había infligido a los más cercanos a él.

Mientras seguía mirando a Erin, apretó las mandíbulas. Seguía siendo guapísima y, obviamente, seguía disfrutando de aquellos encantos que la llevaban a sacar el mejor provecho del bobo de turno.

Pero Cristophe sabía que tenía el poder para zarandear su mundo contándole a Sam Morton lo que su protegida había compartido con él tres años atrás y demostrándole que no era más que una ladronzuela. De eso se había enterado unas semanas después de haber puesto fin a su relación, cuando una auditoría interna había encontrado serias discrepancias entre los libros del spa que Erin manejaba. Faltaban productos carísimos, había facturas falsificadas y se había hecho creer que se había contratado a empleados autónomos a los que se había pagado mediante cheque cuando no era así. La única persona que tenía acceso a aquellos documentos era Erin y otra empleada que llevaba mucho tiempo en el hotel y que era de absoluta confianza había admitido que la había visto sacando cajas del almacén. Era evidente que Erin se había aprovechado de Cristophe desde el mismo día en el que la había contratado y había robado miles de libras del spa.

¿Por qué no la había denunciado por ello? El orgullo le había impedido admitir públicamente que había compartido cama con una ladrona y le había dado toda su confianza.

Cristophe se dijo que Erin era una caja de sorpresas desagradables y que Morton tenía derecho a saberlo. ¿Le haría al viejo los mismos numeritos que le solía hacer a él? ¿Iría a buscarlo al aeropuerto el día de su cumpleaños vestida solo con un abrigo, sin nada debajo? ¿Gritaría su nombre al llegar al orgasmo? ¿Lo seduciría mientras el hombre de negocios intentaba concentrarse en las noticias económicas? Seguro que sí porque Cristophe le había enseñado exactamente lo que les gustaba a los hombres.

Confuso al darse cuenta de los muchos recuerdos que todavía tenía de ella, Cristophe se sirvió un whisky y se tranquilizó. No en vano su frase preferida era «No te enfades, véngate», pues no le gustaba perder el tiempo en nada que no enriqueciera su vida.

Así que Erin seguía sirviéndose de sus encantos para engañar a otros, ¿eh? ¿Y a él qué? ¿Y por qué daba por supuesto que Sam Morton era tan ingenuo como para no haberse dado cuenta de lo que tenía entre manos?

A lo mejor tenía muy claro que solo era sexo y le parecía bien.

Cristophe se dio cuenta sorprendido de que a él también le parecía bien, de que le parecería muy bien volverse a acostar con ella, de que, en realidad, no le importaría nada volver a hacerlo.

Cristophe comenzó a leer el informe y descubrió que Sam Morton era viudo y muy rico, así que supuso que la ambición de Erin la habría llevado en aquella ocasión a querer convertirse en la segunda señora Morton. Seguro que ya le estaba robando a él también.

¿Por qué iba a cambiar una mujer tan fría y calculadora? ¿De verdad había creído que lo iba a hacer? ¿Cómo podía ser tan ingenuo? Después de ella, había comparado a todas las mujeres con las que se había acostado y ninguna había estado a la altura de Erin. Aquella verdad que no tenía más remedio que aceptar lo desconcertaba. Era evidente que jamás había conseguido olvidarse de verdad de ella. Ahora comprendía que, aunque había creído durante aquellos años que se había librado de ella, Erin seguía a su lado, ejerciendo su influencia sobre él. Había llegado el momento de exorcizarse y ¿qué mejor manera de hacerlo que con un último encuentro sexual?

Sabía que el tiempo tiende a mitificar los recuerdos y necesitaba bajar a Erin del pedestal, ponerla a la luz de la realidad y acabar con aquella fantasía, volver a verla en carne y hueso. Cristophe sonrió de manera diabólica al imaginarse su cara cuando lo viera aparecer de nuevo en su vida y, aunque recordó las palabras de su madre de acogida, «mira antes de saltar», como de costumbre, no dejó que calaran en él, pues sus genes griegos siempre salía ganando, así que, sin pensarlo dos veces, levantó el teléfono y le dijo al director de adquisiciones que, a partir de aquel momento, se iba a hacer cargo él personalmente de las negociaciones con el propietario del grupo Stanwick Hall.

–Bueno, ¿qué te parece? –le preguntó Sam sorprendido ante el inusual silencio de Erin–. ¡Necesitabas un coche nuevo y aquí lo tienes!

Erin se había quedado mirando el BMW plateado con la boca abierta.

–Es precioso, pero...

–¡Pero nada! –la interrumpió Sam con impaciencia–. Tienes un puesto importante en Stanwick y necesitas un coche que esté a la altura.

–Sí, pero no tenía por qué ser un modelo tan lujoso y exclusivo –protestó Erin preguntándose qué pensarían sus compañeros si la vieran aparecer en un coche que todos sabían que no podía pagar con su sueldo–. Es demasiado...

–Mi mejor empleada se merece solo lo mejor –insistió Sam–. Fuiste tú la que me enseñaste la importancia de la imagen en el mundo empresarial.

–No lo puedo aceptar, Sam –le dijo Erin incómoda.

–No te queda más remedio que hacerlo –contestó su jefe de muy buen humor mientras le entregaba las llaves–. Ya se han llevado tu Ford Fiesta. Lo único que tienes que decir es «gracias, Sam».

–Gracias, Sam, pero es demasiado...

–Nada es demasiado para ti. No hay más que echar un vistazo a las cuentas de los spas desde que tú te haces cargo –contestó Sam–. Vales diez veces lo que este coche me ha costado, así que no quiero seguir hablando del tema.

–Sam... –suspiró Erin mientras su jefe retomaba las

llaves de su mano y se dirigía hacia el vehículo–. Venga, ven, llévame a dar una vuelta. Todavía tenemos tiempo antes de la gran cita de la tarde.

–¿Qué gran cita? –le preguntó Erin mientras ponía el coche en marcha y avanzaba hacia las verjas de salida a través del inmaculado jardín.

–Me estoy planteando de nuevo jubilarme –le confesó su jefe.

No era la primera vez que se lo decía, efectivamente. Sam Morton le había dicho varias veces que, de vez en cuando, se le pasaba por la cabeza vender sus tres hoteles de campo y retirarse, pero Erin creía que era una idea platónica más que una realidad. Sam tenía sesenta y dos años y seguía trabajando mucho, pues había enviudado hacía más de veinte años y no tenía hijos, así que los hoteles se habían convertido en su vida y a ellos les había entregado su energía y su tiempo.

Media hora después, lo había dejado en el club de golf y había vuelto a la oficina.

–¿Has visto el coche? –le preguntó a Janice, la secretaria de Sam.

–¿Cómo no lo voy a haber visto si le acompañé yo al concesionario a elegirlo? –bromeó la simpática mujer.

–¿Y no intentaste convencerlo de que comprara un modelo más barato?

–Sam ha ganado mucho dinero en el último trimestre y quería gastar un poco, así que comprar un coche ha sido la excusa perfecta. Como tú comprenderás, ni me molesté en gastar saliva para disuadirlo. Cuando a este hombre se le mete algo entre ceja y ceja... Tómatelo como un premio por todos los clientes nuevos que has conseguido desde que has reorganizado los spas –le aconsejó Janice–. De todas formas, supongo que te ha-

brás dado cuenta de que Sam hace cosas raras últimamente...

—¿Por qué lo dices?

—Está impredecible e intranquilo. Creo que, esta vez,
se va a jubilar de verdad, va a vender sus hoteles y se
va a retirar, pero le cuesta aceptarlo.

Erin se quedó perpleja ante la opinión de la secretaria personal de su jefe, pues ella nunca se la había tomado en serio. Había visto a varios compradores inte-
resados durante los dos años que llevaba trabajando allí,
pero, aunque Sam escuchaba atentamente sus propues-
tas, nunca las había aceptado.

—¿Lo dices en serio? ¿Eso quiere decir que podría-
mos estar en paro el mes que viene?

—No, tranquila. Según la ley, no se puede despedir a
los antiguos empleados aunque el hotel cambie de manos. Sam lo ha estado mirando bien —contestó Janice—.
Es la primera vez que llega tan lejos.

Erin se dejó caer en la butaca que había cerca de la
ventana. Aunque se sentía aliviada por las palabras de
su compañera, no podía evitar sentirse inquieta.

—No tenía ni idea de que esta vez se estaba planteando vender de verdad.

—Desde que cumplió sesenta años, Sam dice que ha
habido un punto de inflexión en su vida, que, ahora que
tiene dinero y salud, quiere disfrutar —la informó Janice—.
Lleva toda la vida trabajando.

—Es cierto que, aparte de jugar al golf de vez en cuando,
no tiene nada más en la vida —comentó Erin.

—Ten cuidado, Erin, te quiere mucho —murmuró Janice—. Siempre he creído que eras como una hija para
él, pero, últimamente, me pregunto si el interés que
tiene en ti no será de otra índole.

Erin se quedó perpleja ante aquella posibilidad y no pudo evitar reírse.

–Janice... ¡no me puedo imaginar a Sam intentando ligar conmigo!

–Eres una mujer muy guapa y los hombres no suelen interesarse platónicamente por las mujeres guapas –insistió Janice–. Sam está muy solo y tú le escuchas. Además, trabajas mucho. Le caes bien y te admira por cómo has rehecho tu vida. ¿Por qué iba a ser de extrañar que todo eso se convirtiera en un interés más personal?

–¿Qué te hace pensar eso?

–La manera en la que te mira a veces o el hecho de que aproveche cualquier excusa para ir a hablar contigo. La última vez que estuviste de vacaciones no sabía qué hacer.

Normalmente, Erin respetaba enormemente las opiniones de Janice, a la que tenía por una mujer muy centrada, pero en esta ocasión se dijo que se estaba equivocando, pues Erin estaba convencida de conocer muy bien a su jefe. Sam jamás había flirteado con ella.

–Creo que estás equivocada y espero que los demás no piensen lo mismo que tú –comentó Erin.

–El coche que te ha regalado va a dar que hablar –le advirtió Janice–. ¡A mucha gente le gustaría poder decir que Sam Morton es un viejo verde que se deja engañar!

Erin tuvo la imperiosa necesidad de zanjar aquella conversación, pues realmente apreciaba a su jefe. Aquel hombre le había dado trabajo cuando nadie más lo había hecho y, además, la había promocionado y la había apoyado desde entonces. Erin se sentía profundamente agradecida hacia él, pues le había dado un trabajo decente, un sueldo con el que poder vivir y esperanzas. La idea de tener un nuevo jefe no le hacía ninguna gracia, pues dudaba de tener la misma libertad de la que disfrutaba con Sam. Erin tenía muchas responsabilidades en casa y la mera idea de quedarse sin trabajo la hacía sentir náuseas.

—Bueno, me voy. Owen va a entrevistar a terapeutas esta tarde y no quiero hacerle esperar —se despidió.

Mientras conducía su nuevo BMW hacia Black's Inn, la propiedad más pequeña de Sam, un elegante hotel de estilo georgiano con un spa de vanguardia, Erin iba haciendo números, intentando calcular cuánto dinero había ahorrado en los últimos meses. No tanto como le hubiera gustado. Desde luego, no tanto como para cubrir sus gastos en caso de quedarse sin trabajo. No pudo evitar acordarse de lo mal que lo había pasado intentando sacar adelante a Lorcan y Nuala, sus mellizos recién nacidos, viviendo de las ayudas estatales.

Su madre, muy orgullosa de ella hasta el momento, estaba horrorizada al ver cómo su hija había tirado su prometedor futuro por la borda y ella se sentía un fracaso total, pues había perdido su trabajo y al hombre al que quería. En realidad, lo que le había pasado había sido que se había enamorado del hombre equivocado y había olvidado todo lo que había aprendido, había dejado de lado su ambición para dedicarse única y exclusivamente a correr tras él.

Nunca se lo había perdonado. Había sido un gran error. Cuando no había tenido dinero para comprar algo para los mellizos o cuando había tenido que soportar los intolerables silencios de su madre por haber renunciado a su libertad al convertirse en madre soltera, se había dado cuenta de que toda la culpa había sido suya.

Erin se había criado en un hogar en el que su padre no paraba de hablar un día tras otro de que se iba a ser muy rico, pero la riqueza nunca había llegado. Con los años, aunque era una niña, Erin había ido comprendiendo que su padre tenía muy buenas ideas, pero que no estaba dispuesto a trabajar para ponerlas en marcha. Lo que hacía era gastarse el dinero que su madre ganaba con mucho esfuerzo, aceptando cualquier trabajo, en locuras. Su padre había muerto cuando ella tenía doce años, en un accidente de tren. A partir de aquel momento, su vida había sido más tranquila. Erin había aprendido desde muy pequeña que dependía de sí misma para ganarse la vida y que no debía confiar en que ningún hombre fuera a mantenerla. Por eso, había estudiado mucho en el colegio, había ignorado a los que la llamaban «empollona» y había conseguido ir a la universidad. Había tenido algún novio, pero nada serio porque no quería emparejarse y olvidar su ambición. Como tenía muy claro que lo que quería era labrarse un buen futuro, se había licenciado en Empresariales. Para poder pagar el crédito de estudios que había pedido, había trabajado como entrenadora personal, lo que más tarde le habría de servir también para el trabajo.

Aquella tarde, cuando volvió de su visita al Black's Inn, la recepcionista le dijo que Sam quería verla cuanto antes. Erin se dio cuenta entonces de que había olvidado volver a conectar su teléfono móvil después de las entrevistas y se dirigió a la oficina de su jefe, llamó a la puerta y entró, tal y como Sam le tenía indicado que hiciera siempre.

–Ah, estás aquí, Erin. ¿Dónde has estado toda la tarde? Te quiero presentar a una persona –le dijo Sam algo impaciente.

–Perdona, se me había olvidado decirte que iba a pasar la tarde en el Black's haciendo entrevistas con Owen –le explicó Erin sonriendo a modo de disculpa.

Entonces, percibió un movimiento cerca de la ventana y se giró para saludar al hombre alto y fuerte que habían registrado sus ojos. Cuando dio un paso al frente, se quedó helada, como si a su alrededor se hubieran erigido paredes de cristal que le impidieran moverse.

–Buenas tardes, señorita Turner –la saludó una voz de acento conocido–. Encantado de conocerla. Su jefe habla maravillas de usted.

Erin se sintió como si se hubiera abierto el suelo bajo sus pies y tuvo que hacer un gran esfuerzo para no salir corriendo.

–Te presento... –dijo Sam.

–Cristophe Donakis –dijo él extendiendo la mano para saludarla como si no se conocieran de nada.

Erin se quedó mirando aquel rostro que tan bien conocía. No se lo podía creer. Pelo negro muy cortado, cejas oscuras y ojos profundos, pómulos altos y, como si todo aquello no fuera suficiente ya, una boca que era pura tentación. Erin sintió que el tiempo no había pasado. Cristophe seguía siendo increíblemente guapo. Erin sintió algo en el bajo vientre que llevaba años sin sentir y tuvo que apretar los muslos incómoda.

–Encantada, señor Donakis –lo saludó elevando el mentón y estrechándole la mano brevemente.

¿La cita tan importante que Sam tenía era con Cristophe? Erin estaba horrorizada, pero decidida a no dejar que ninguno de los dos hombres presentes se diera cuenta, lo que le estaba resultando muy difícil, pues su cerebro se había empeñado en bombardearla con imágenes de lo que había habido entre Cristophe y ella. Así, pasaron ante sus ojos imágenes de Cristophe sonriendo triunfal al ganar una carrera en la piscina, Cristophe sirviéndole el desayuno cuando no se sentía bien y acariciándole los labios con las uvas, aprovechando cada oportunidad para demostrarle que no había ninguna parte de su cuerpo que no pudiera disfrutar de sus caricias. Cristophe, el sexo hecho hombre. Cristophe, queriendo hacer el amor noche y día.

Aquel hombre le había enseñado mucho, pero le había hecho sufrir tanto que apenas podía mirarlo a los ojos.

–Llámeme Cristophe, no soy muy amigo de formalidades –le indicó.

Erin comprendió de repente, al ver que él no se sorprendía, que Cristophe sabía perfectamente que trabajaba para Sam y que no estaba dispuesto a hablar abiertamente de la relación que habían mantenido, lo que para ella estaba muy bien. De hecho, lo prefería porque no quería que su jefe y sus compañeros de trabajo se enteraran de lo idiota que había sido en el pasado, no quería que supieran que había sido una de las novias de Cristophe Donakis, aquel hombre que cambiaba de mujer como de camisa.

¿Sería Cristophe el comprador interesado en las propiedades de Sam? Sin duda, así era, pues Cristophe tenía un imperio de hoteles e instalaciones de lujo.

–Erin, me gustaría que le enseñaras a Cristophe todos nuestros spas, el de aquí y los de los otros hoteles –le pidió Sam–. Es lo que más le interesa. Dale las últimas cifras –añadió–. Esta chica tiene una cabeza prodigiosa para los detalles importantes –le dijo Cristophe.

Erin se sonrojó.

–Así que, además de guapa, lista –comentó Cristophe sonriendo de una manera que a Erin la dejó de piedra.

–Usted es el propietario del grupo Donakis –comentó sin embargo–. Creía que su especialidad eran los hoteles urbanos.

–A mi clientela también le gustan los hoteles de campo y todos sabemos lo importante que es la expansión empresarial. Quiero que mi clientela tenga dónde elegir –contestó Cristophe.

–El sector de la belleza está en alza. Lo que antes se reservaba para ocasiones especiales, ahora es una necesidad para muchas mujeres y para cada vez más hombres –comentó Erin ganándose una mirada de orgullo de su jefe.

–Me sorprende, pues yo no he utilizado un spa en mi vida –proclamó Cristophe.

–Pero lleva la manicura hecha y las cejas depiladas –puntualizó Erin.

–Es usted muy observadora.

–Lo tengo que ser. Un tercio de mis clientes son hombres.

Capítulo 2

ERIN llevó a Cristophe a la sala de musculación que conectaba con el balneario.

–No puedes comprar los hoteles de Sam –masculló con las mandíbulas apretadas–. No quiero volver a trabajar para ti.

–Créeme si te digo que yo tampoco quiero volver a tenerte cerca –le espetó Cristophe.

A Erin le quedó claro que, si Cristophe se hacía por fin con las propiedades, la pondría de patitas en la calle en cuanto la ley se lo permitiera y, aunque la idea de quedarse sin trabajo era aterradora, aquella advertencia le sirvió para romper el momento de excitación que le impedía pensar con claridad. ¿Qué tenía Cristophe Donakis que la influenciaba de aquella manera? Llevaba un traje gris marengo hecho a medida que realzaba su espectacular cuerpo y, aunque Erin quería mostrarse y sentirse inmune a su atractivo sexual, le resultaba imposible. Cristophe era un hombre muy guapo, un hombre de rasgos humanos que parecían los de un dios griego. Cuando se giró hacia él intentando mantener la compostura, sintió un cosquilleo por las piernas. Sabía perfectamente lo que era aquel cosquilleo y le dio miedo, pues era la quemadura de la excitación, una excitación profunda e impresionante.

–No esperaba que hubiera gimnasio –comentó Cristophe fijándose en las máquinas.

Al volver la mirada hacia Erin, vio que ella se pasaba la lengua suavemente por un diente como si quisiera quitarse un resto del pintalabios. No llevaba mucho, pues tampoco lo necesitaba para realzar aquellos labios voluminosos suyos, aquellos labios que Cristophe estaba intentando no imaginarse alrededor de su...

«No pienses en eso», se dijo a sí mismo.

–Una sala de musculación es el complemento perfecto para un spa. Los clientes se entrenan, van a clase, se dan un masaje o un tratamiento de belleza y vuelven a casa sintiéndose como nuevos –explicó Erin conduciéndole hacia el spa–. Hoy en día, todos tenemos menos tiempo libre, así que tiene lógica ofrecer el paquete completo por un precio adecuado. Los beneficios hablan por sí solos.

–¿Y cuánto te estás llevando tú a cambio de tus estupendas ideas? –le preguntó Cristophe.

Erin frunció el ceño confundida.

–Yo no me llevo comisión por los nuevos clientes –contestó.

–No me refiero a eso y lo sabes perfectamente. Ya he visto suficiente. Quiero ir al Black's ahora y al último hotel para cenar –anunció arrogante.

Dicho aquello, salió del hotel y se dirigió a su Bugatti Veyron plateado. Erin lo siguió más lentamente, intentando dilucidar a qué se refería con lo último que le había dicho.

–Yo voy en mi coche –anunció yendo hacia su BMW–. Así, no me tendrás que llevar luego a casa.

–No, prefiero que vayamos los dos en el mío –contestó Cristophe fijándose en el de Erin y preguntándose maliciosamente de dónde habría sacado el dinero para pagarlo–. Tenemos que hablar de trabajo.

A Erin no se le ocurría nada que quisiera hablar con

aquel hombre, lo único que quería era que no se acercara a la casa que compartía con su madre, pero tenía que mantenerlo contento porque era la mano derecha de Sam. Quería que Cristophe se esfumara de su vida, pero no quería que su jefe perdiera una venta importante porque ella no hubiera hecho bien su trabajo. Le debía mucho a Sam, no sería capaz de volverlo a mirar a los ojos si antepusiera sus preferencias personales a las profesionales, así que llamó desde el móvil a Owen, el director del Black's, para anunciarle su llegada.

Se subió al deportivo de Cristophe intentando no recordar aquella vez que lo había acompañado a una feria en la que las impresionantes modelos que se tumbaban sobre los coches de lujo se derretían cada vez que Cristophe se acercaba. Las mujeres siempre reparaban en él, en su metro noventa de altura, en su espalda ancha y en la intensidad de sus ojos negros.

Cristophe se fijó en que Erin entrelazaba los dedos sobre el regazo y supo que estaba nerviosa porque sabía que, cuando estaba disgustada, intentaba concentrarse para mantener la calma en silencio. Erin era una mujer menuda, pero perfectamente diseñada para atraer al hombre normal y corriente con su aire de hembra desvalida que necesita protección.

Cuando puso el coche en marcha y, mientras conducía, se dijo que él sabía perfectamente que Erin podía cuidarse solita. De hecho, a él le solía gustar que fuera independiente y que no siempre le hiciera caso. Cristophe prefería las mujeres con carácter que las sumisas, pero sabía muy bien de lo que era capaz Erin y se dijo que no debía olvidarlo.

A Erin le hubiera gustado mantener la boca cerrada, pero no pudo.

—Estoy pensando en lo que has dicho hace un rato...

cuando me has preguntado cuánto me estoy llevando... no me ha gustado la connotación...

–Ya me imagino –contestó Cristophe.

Erin sintió que se le erizaba el pelo de la nuca.

–¿Lo has dicho por algo en concreto?

–¿Tú qué crees?

–No juegues conmigo –lo instó Erin aspirando su olor sin querer.

Aquello hizo que recordara que, cuando Cristophe no estaba, ella solía dormir con una de sus camisas para tener su olor cerca. También había lavado aquellas camisas cuando se quedaba en su casa, deseosa de que entre ellos hubiera algo serio, pero Cristophe nunca se había comprometido, jamás le había hablado de amor ni de futuro.

Al recordarlo ahora, Erin se preguntó por qué en aquellos momentos aquella época le había parecido la más feliz de su vida. Tenía que admitir que el año que había pasado junto a Cristophe había sido el más divertido, variado y peculiar de sus veinticinco de existencia, pero también que los momentos de felicidad habían sido pocos en comparación con los momentos en los que se preguntaba hacia dónde iba su relación y no se atrevía a preguntar. Se había esforzado mucho en hacer como que no le importaba delante de él, en no establecer ataduras ni en hacerse ilusiones que pudieran irritarlo.

¡Para lo que le había servido! Al final, cuando todo terminó, Cristophe se fue tan contento y ella quedó malherida, comprendiendo que para él no había sido más que una mujer de paso, no una mujer para siempre. Había sido una más en la interminable retahíla de mujeres que compartían su vida durante unos meses hasta que le llegó el momento de elegir esposa. Darse cuenta de que había significado tan poco para él como para dejarla para casarse con otra mujer le seguía quemando como ácido las entrañas.

–Espero que hayas cambiado y que ahora no hagas esas cosas –comentó Cristophe.

Erin se giró hacia él e intentó recordarse en qué punto exacto de la conversación se encontraban.

–¿Hacer qué?

Cristophe paró el coche en el arcén antes de responder.

–Lo sé todo, descubrí lo que tramabas cuando trabajabas para mí.

Erin se giró completamente hacia él.

–¿A qué te refieres?

Cristophe apretó el volante varias veces con los dedos y se giró hacia ella para mirarla con frialdad.

–He de admitir que tus maneras eran muy creativas, pero el equipo que contraté tenía mucha experiencia y pudo seguir la pista de las transacciones hasta llegar a ti. Me estabas robando.

Erin se quedó pegada al asiento, mirándolo con incredulidad, con los ojos muy abiertos.

–¡Eso es mentira! –gritó.

–Tengo pruebas y testigos –insistió Cristophe dando por terminada la conversación al poner el coche en marcha de nuevo y volver a la carretera.

–¡Es imposible que tengas pruebas y testigos porque eso jamás sucedió! –se defendió Erin furiosa–. ¡No me puedo creer que me acuses de algo así! ¡Yo no he robado nada en mi vida!

–Me robaste –insistió Cristophe–. Por mucho que lo niegues, tengo pruebas.

Erin se quedó helada. No solamente por aquella acusación que salía de la noche de los tiempos, sino porque Cristophe estuviera tan convencido de que era culpable.

–No sé qué pruebas creerás que tienes, pero evidentemente son falsas porque yo nunca he robado nada.

–Las pruebas no son falsas. Admítelo. Te hemos pillado –contestó Cristophe–. Te habría denunciado si hubiera sabido dónde estabas, pero te había perdido la pista, habías desaparecido.

Erin esperó a que Cristophe aparcara el coche al llegar a su destino aunque le costó un gran esfuerzo, pues la rabia la hacía temblar. Cristophe se fijó en su enfado y se dijo que era normal, que la había pillado y que no quería que su actual jefe se enterara.

–¡Vamos a dejar esto claro inmediatamente! –le dijo Erin cuando se bajaron del coche.

–No me parece buena idea hacerlo en un sitio público... –objetó Cristophe.

–Lo podemos hacer en el despacho de Owen –insistió Erin entrando en el hotel, en cuyo vestíbulo ya los estaba esperando el director–. Podemos hacer la visita en diez minutos. Ahora, necesito que me prestes tu despacho para hablar en privado con el señor Donakis –le pidió Erin acercándose y hablándole en voz baja.

–Por supuesto –contestó Owen–. Por cierto, gracias por la información.

Cristophe los observaba preguntándose qué relación habría entre Erin y aquel joven alto, rubio y guapo. A Erin le solían gustar de los hombres mayores. Claro que el chico de apenas veinte años que había encontrado en su cama... aquello hizo que Cristophe apretara la mandíbula.

Erin cerró la puerta tras dejarlo entrar y se giró hacia él, mirándolo furiosa.

–No soy ninguna ladrona y quiero que me expliques exactamente por qué me estás acusando de serlo.

Cristophe se quedó mirándola. Tenía la respiración

tan entrecortada que el pecho le subía y le bajaba. Recordó de manera lasciva aquellas montañas de crema con pezones de guinda que tanto le gustaban. Al instante, el deseo se apoderó de él e hizo que se excitara. Era cierto que Erin era una mujer menuda, pero tenía unas curvas de escándalo. A Cristophe siempre le había fascinado su cuerpo y, de hecho, solía soñar con él cuando no estaban juntos, solía morirse de ganas por volver a estar junto a aquella mujer que tanta satisfacción sexual le daba.

—No soy idiota —le dijo con frialdad, obligándose a pensar con claridad, dejando el deseo a un lado—. Vendías productos de belleza del spa y te quedabas con el dinero, falsificabas facturas y pagabas a terapeutas que, en realidad, no existían. Me robaste veinte mil libras esterlinas en poco tiempo. ¿Te creías que no nos íbamos a dar cuenta?

—Yo no he robado nunca nada —insistió Erin aunque una alarma se había encendido en su cabeza en el mismo instante en el que Cristophe había mencionado lo de la venta de productos de la tienda.

Sabía que alguien había estado robando productos, efectivamente, pues ella personalmente la había sorprendido. Se trataba de Sally, su ayudante, a la que había pillado metiendo una caja de productos en su coche para luego venderlos por Internet. No la había denunciado, la había llamado a su despacho y, cuando la mujer se había ido abajo, Erin había decidido reponer los productos de su propio bolsillo y olvidarse del tema porque aquella pobrecilla ya tenía bastante con sacar adelante a dos hijos autistas después de que su marido la abandonara. Ahora se preguntaba si aquello no habría sido solamente la punta del iceberg...

—Tengo pruebas —repitió Cristophe.

–Y testigos, ya lo has dicho –contestó Erin–. ¿Uno de esos testigos no será, por casualidad, Sally Jennings?

El rostro de Cristophe dejó traslucir cierta sorpresa y Erin se dio cuenta.

–No vas a poder embaucarme –le advirtió.

–No es mi intención, ya no soy la que era –le aclaró Erin con dureza para que le quedara claro.

A raíz de lo que le había hecho, se había vuelto una mujer más fuerte. Cristophe la había abandonado, dejándola sola y humillada, y aquello le había forjado el carácter. Además, cuando había descubierto que estaba embarazada, no había tenido tiempo para lamerse las heridas, no había podido permitirse el lujo de ir de víctima.

Erin se quedó mirándolo y se preguntó si no habría leído ni una sola de sus cartas. Lo había llamado muchas veces, pero su secretaria le había dicho que perdía el tiempo porque Cristophe no quería aceptar sus llamadas. Cuando se había sentido completamente desesperada, había llamado a su familia a Grecia, pero su madre adoptiva le había dicho que Cristophe se iba a casar y que no quería saber nada de una mujer como ella, como si fuera una ramera que hubiera recogido en la calle y no la novia que había compartido su vida durante un año entero.

Claro que ya se podía haber dado cuenta de que no significaba nada para él cuando no había querido presentarle a su familia y, cuando ella había querido presentarle a su madre, él siempre había encontrado alguna excusa para no hacerlo. Aunque formaba parte de su vida privada, la había mantenido oculta a los ojos de los demás. Solo habían salido a cenar con sus amigos una vez, uno de ellos había comentado que llevaba mucho tiempo con Cristophe y nunca más habían vuelto a quedar.

–A lo mejor, cuando te des cuenta de que no tienes otra opción, recapacitas –comentó Cristophe–. Vamos a ver las instalaciones. No tengo mucho tiempo.

Erin apretó los dientes y lo siguió fuera del despacho. Era evidente que Cristophe no la había escuchado. ¿Qué le había contado Sally? ¿Habría mentido sobre ella? Parecía lo más probable. Erin se preguntó qué podía hacer para combatir aquella acusación. Evidentemente, necesitaba ver las pruebas para saber a lo que se estaba enfrentando, poder preparar su defensa y encontrar al verdadero culpable. No se podía creer que Sally se hubiera aprovechado aquella manera de la situación después de lo bien que se había portado con ella. La única esperanza era hablar con ella y apelar a su cargo de conciencia.

Owen les enseñó encantado el spa mientras describía las últimas mejoras y las ofertas especiales. Al terminar la visita, les ofreció un café, pero Cristophe le dijo que tenían mucha prisa y urgió a Erin a montarse de nuevo en el coche para dirigirse a la última propiedad. Brackens era el hotel más impresionante, una casa victoriana situada en mitad de un bosque. Gustaba mucho a parejas que querían pasar un fin de semana romántico y el spa era solo para socios.

Erin observó cómo Mia, la directora del hotel, se derretía en cuanto Cristophe sonreía y dejó que llevara ella las riendas de la visita mientras ella se concentraba en lo que tenía por delante. Así que Cristophe llevaba tres años convencido de que le había robado dinero y no se había puesto en contacto con ella. ¿Por qué no se lo habría dicho a la policía? Mientras veía cómo Mia flirteaba con Cristophe, sintió náuseas, pues se recordó a sí misma. Le había bastado con verlo una vez para enamorarse profundamente de él. Su prudencia para con los hombres y tantas y tantas horas de estudio mientras otros salían de fiesta la habían convertido en una joven de veintiún años muy vulnerable. Erin se apresuró a apartar aquellos recuerdos de su memoria y a acompañar a Cristophe hacia el coche cuando terminaron la visita.

—¿Me puedo ir a casa ya? –le preguntó una vez dentro.

—Vamos a cenar en mi hotel –contestó Cristophe–. Tenemos que hablar.

—No tengo nada que hablar contigo. Sam se encarga de las negociaciones en persona –contestó Erin–. Yo solo soy su ayudante.

—Según cuentan los rumores, eres mucho más que eso para Sam Morton.

Erin dio un respingo.

—¿Desde cuándo haces caso tú de los rumores?

—Te acostabas conmigo siendo mi empleada –le recordó Cristophe.

—Aquello era diferente –le recordó Erin–. Ya estábamos juntos cuando empecé a trabajar para ti.

Cristophe no pudo evitar recordar lo mucho que le había costado conseguir acostarse con Erin. Su carácter esquivo y sus reticencias no habían hecho más que acrecentar su deseo por ella, convenciéndolo de que era diferente. Sí, por supuesto que era diferente, había sido la única mujer que le había robado, que lo había engañado y que lo había tomado por tonto, exactamente igual que le estaba haciendo ahora a Morton.

—Sam y yo solo somos amigos...

—¿Tan amigos como Tom y tú?

Erin recordó lo poco que le gustaba a Cristophe la amistad que había entre Tom y ella.

—No tanto porque Sam es de otra generación.

Tom era un compañero de universidad, más bien un hermano, pero Cristophe nunca la había creído cuando se lo había explicado, pues no creía en las amistades platónicas entre hombres y mujeres, así que, al final, Erin había dejado de intentar convencerlo y se había dicho que tenía derecho a tener sus amigos le gustara o no a Cristophe.

–Morton podría ser tu abuelo...

–Por eso, precisamente, no hay nada entre nosotros –declaró Erin–. No me estoy acostando con él.

–Pues él está completamente encandilado contigo. No te creo –afirmó Cristophe.

–Eso es cosa tuya –contestó Erin sacándose el móvil del bolso y llamando a su propia casa.

Su madre contestó. Erin oyó llorar a uno de sus hijos y supo que era Lorcan. Se sintió culpable al no poder estar allí. Siempre había llevado mal tener tan poco tiempo entre semana para estar con ellos.

–Lo siento, pero esta noche voy a llegar tarde –le explicó a su madre.

–¿Por qué?

–Tengo trabajo y voy a salir más tarde de lo normal –se limitó a comentarle Erin sabiendo que, cuando llegara a casa, tendría que dar más explicaciones.

Mientras volvía a meter el teléfono en el bolso, se dijo que lo último que necesitaba era contarle a su madre que Cristophe Donakis había vuelto a aparecer en su vida.

–Si no me cuentas más cosas, no me puedo defender –insistió mientras Cristophe aparcaba el coche en su hotel.

–Rastrearon una de las transacciones hasta tu cuenta personal, así que no pierdas el tiempo intentando hacerte la inocente –le espetó Cristophe.

–No quiero cenar contigo –declaró Erin–. Te recuerdo que, cuando lo dejamos, no quedamos precisamente como amigos.

–No tienes elección. Si no cenas conmigo, mañana mismo voy a hablar con tu jefe y le presento todas las pruebas que tengo de que eres una ladrona –contestó Cristophe saliendo del coche.

Erin sintió que se quedaba lívida, pues sabía de lo que era capaz Cristophe Donakis y no se quería arriesgar a perder su trabajo. No podía permitírselo. Sus hijos dependían de ella.

Capítulo 3

ERIN entró en el baño del hotel y dejó que el agua fría corriera sobre sus muñecas hasta que notó que el latido de su corazón comenzaba a ir más lento.

«Me tengo que tranquilizar», se dijo.

¿Por qué querría Cristophe aparecer de repente en su vida para ponerla patas arriba? No tenía sentido... a menos que buscara venganza.

Tras recogerse el pelo en una cola de caballo, se dio cuenta con fastidio de que le temblaban las manos. Aquel hombre había conseguido sacarla de su centro, hacer que todos sus mecanismos de autodefensa saltaran por los aires. Tenía que tener cuidado porque el pánico le podía hacer cometer estupideces.

Erin tomó aire lentamente varias veces para intentar mantener la calma. Cristophe no sabía nada de los niños, así que era evidente que no había leído sus cartas. Erin estaba convencida de que, de haber sabido de la existencia de los mellizos, la habría dejado en paz. ¿Qué hombre se metería en semejante lío?

«Cristophe», le dijo una vocecilla al tiempo que Erin recordaba su primer encuentro.

En aquella época, trabajaba como coordinadora de actividades en un centro cultural. Elaine, una de sus amigas de la universidad, procedía de una familia de dinero y su padre le había comprado un piso en un edificio exclusivo. Cuando su amiga se dio cuenta de que a Erin estaba costando mucho encontrar alojamiento barato, le ofreció su habitación de invitados, una habitación pequeña en la que apenas cabía la cama, pero eso a Erin le había dado igual porque le gustaba la compañía de Elaine. Por no hablar de que podría ir todos los días al exclusivo gimnasio solo para residentes que había en la planta baja.

A Erin siempre le había gustado mucho nadar y, de hecho, había ganado innumerables trofeos en el colegio. Si sus padres hubieran tenido dinero, incluso podría haberse planteado dedicarse profesionalmente a ello. Por desgracia, a pesar de la insistencia de su entrenadora, sus padres se habían negado a comprometer el tiempo y el dinero necesarios para un entrenamiento serio. Aun así, a Erin le seguía encantando nadar y lo hacía siempre que podía.

La primera vez que vio a Cristophe estaba haciendo largos en la piscina. Su técnica no era buena y a Erin no le costó mucho ponerse a su altura, pues estaba acostumbrada a entrenar duro.

—¿Una carrera? —la retó él.

Erin todavía recordaba sus ojos profundos y negros, aquellos ojos que brillaban de manera tan electrizante.

—Te gano seguro... ¿podrás soportarlo? —contestó ella.

Los ojos de Cristophe se encendieron entonces como si Erin hubiera prendido un fuego dentro de él.

—No se hable más —contestó.

A Erin, exactamente igual que a él, también le gustaban los desafíos, así que aceptó, cortó el agua con sus brazos como una bala, hizo los dos largos a la velocidad de la luz y, al terminar, se giró hacia él para ver su cara de estupefacción. Al salir del agua, Cristophe la siguió y Erin no pudo evitar fijarse en sus abdominales bien marcados. Aquella había sido la primera vez que se había fijado de verdad en el cuerpo de un hombre.

–¿Cómo demonios me has ganado con lo pequeña que eres? –le preguntó Cristophe incrédulo.

–Porque nado muy bien.

–Quiero la revancha.

–Muy bien, podemos quedar a la misma hora el miércoles por la tarde, pero te advierto que entreno todos los días y que no tienes buena técnica.

–Así que no tengo buena técnica, ¿eh? –repitió Cristophe con incredulidad–. ¡Si no estuviera cansado, te habría ganado sin problemas!

Erin se rio.

–Claro, claro –contestó.

–Me llamo Cristophe Donakis –se presentó Cristophe alargando la mano–. Soy el que te va a ganar el miércoles.

–No creo –contestó Erin alegremente.

–¿Has conocido a Cristophe Donakis? ¿En la piscina del edificio donde vamos la gente normal y corriente? –se sorprendió su compañera de piso cuando se lo contó–. No entiendo por qué ha bajado a la piscina común cuando tiene la suya privada en el ático.

–Estaría aburrido... ¿quién es? –quiso saber Erin.

–Un multimillonario griego que tiene tanto dinero como mujeres. Lo suelo ver subir con una diferente cada semana. Le debe de gustar la belleza decorativa, así que no te acerques a él, te comería como un aperitivo –le había advertido Elaine.

Aquella misma noche, Erin tuvo un sueño erótico con Cristophe, lo que la sorprendió sobremanera, pues su estricta educación la había convertido en una joven muy reservada sexualmente. Aun así, le había bastado un encuentro para comprender que Cristophe Donakis era un animal de lo más sexual.

El miércoles volvió a ganar aunque le costó un poco más.

–Tómate una copa conmigo –le sugirió él después de salir de la piscina mientras se la comía con la mirada.

Era tan obvio el interés sexual que tenía en ella que Erin se sonrojó de pies a cabeza.

–No, gracias –contestó porque tenía miedo de hacer el ridículo.

–Entonces, vuelve a concederme la oportunidad de ganarte –sonrió Cristophe–. Dicen que a la tercera va la vencida –insistió.

–Mi compañera de piso me ha dicho que tienes piscina privada en tu casa.

–Sí, pero la están cambiando. ¿Volvemos a quedar para nadar? La próxima vez, el que pierda invita a cenar. Dame tu teléfono para que podamos quedar. En una semana me voy a Estados Unidos.

Erin admiraba su tenacidad y le concedió otra revancha, que Cristophe supo aprovechar para ganar y no dudó en celebrarlo lanzando el puño al aire en acto triunfal. En ese momento, Erin se enamoró de él, pues le encantó su vena dramática, normalmente oculta bajo la fachada de seriedad del hombre de negocios.

Erin lo invitó a cenar a una cafetería que había en su misma calle, un lugar poco sofisticado al que Cristophe no debía de estar acostumbrado a ir, pero demostró que se podía adaptar a cualquier cosa. Durante la cena, conversaron animadamente y Erin le habló de su trabajo y de sus ambiciones. Cristophe debía de haber dado por hecho que lo iba a acompañar a su casa después de la cena y se quedó francamente sorprendido cuando Erin le dijo que no porque era un hombre acostumbrado a las conquistas fáciles. Después de aquello, tardó dos semanas en volverla a llamar.

–Te va a hacer sufrir –vaticinó Elaine–. Es demasiado guapo, demasiado rico y demasiado arrogante y tú eres muy mundana. ¿Qué tienes en común con un hombre así?

Y la respuesta era... nada, pero Erin no pudo evitar sentirse atraída por él y, al final, efectivamente sufrió, sufrió tanto que desde entonces no había vuelto a mantener ninguna relación.

Por supuesto, había habido otros hombres que habían intentado salir con ella, pero ella se había resistido, pues no quería complicaciones en su vida. En todo caso, vivir bajo el mismo techo que su madre era casi tan eficaz como llevar un cinturón de castidad.

Cuando Erin llegó al restaurante, Cristophe ya la estaba esperando sentado a la mesa. Al verla acercarse, se levantó. Se le antojó que Erin parecía un ángel, frágil, pura, con sus ojos luminosos y su rostro ovalado. Se dio cuenta de que otros hombres la miraban y la recordó desnuda entre sus sábanas, lo que hizo que se le endureciera la entrepierna al instante.

A pesar de que sabía que era una mujer en la que no se podía confiar, todavía seguía teniendo aquel efecto sobre él. En realidad, Erin Turner no era más que una estúpida e ingenua por mucho que se las diera de perfecta porque ninguna mujer realmente inteligente hubiera tirado por la borda su relación con él y todo lo que eso económicamente podría haberle reportado por veinte mil libras esterlinas.

Erin sintió la intensidad de su mirada y se sonrojó, pero se controló para no reaccionar, se sentó inmediatamente y se concentró en la carta. Eligió un plato único, no pidió vino y se colocó muy recta, como se les suele decir a los niños que se sientan a la mesa.

—Dime lo que quieres y acabemos con esto cuanto antes —lo urgió.

Cristophe se quedó mirando las manos de Erin, que reposaban sobre la mesa, y sonrió con ironía.

—Te quiero a ti.

—¿En qué sentido?

Cristophe se rio.

—En el sentido más obvio.

Erin no se lo podía creer. La había abandonado para casarse con una mujer griega increíblemente guapa llamada Lisandra a las pocas semanas. Y ella no había podido hacer nada por impedirlo. Cristophe había seguido adelante con su vida sin ella tan tranquilo. Ahora estaba divorciado, Erin lo sabía y suponía que se habría aburrido de su esposa exactamente igual que se había aburrido de ella y de todas las demás. Quizás Cristophe no podía querer realmente a una mujer.

—Ese es el precio de mi silencio —anunció Cristophe.

¿Chantaje? Erin estaba sorprendida y tan enfadada que se clavó los dientes en el labio inferior por dentro y se hizo sangre.

—Te refieres a no contar el supuesto robo del que tú me crees culpable...

—Sé que eres culpable —insistió Cristophe.

—No me puedo creer que hables en serio —se indignó Erin.

Cristophe le acarició la mano con un dedo, haciendo que Erin sintiera un escalofrío de pies a cabeza.

—¿Por qué no? Seguro que recuerdas tan bien como yo lo bien que nos lo pasábamos en la cama.

Los recuerdos se apoderaron de Erin, que se apresuró a apartarlos de su cabeza, pero su cuerpo reaccionó, sus pechos se le antojaron más voluminosos, sus pezones se le endurecieron y se le entrecortó la respiración. Erin parpadeó varias veces para disimular el fuego que brotaba de sus ojos. Por una parte, no se sorprendía de su reacción, pues había vivido como una monja desde que había dado a luz.

Le había dolido que Cristophe dijera que se lo pasaban bien en la cama. ¿Solo había sido eso? ¿De verdad o Cristophe había vuelto a aparecer en su vida, precisamente, porque en realidad había significado algo más? Erin ya no lo quería, pero tenía su dignidad y le picaba la curiosidad.

–¿Qué es lo que me estás proponiendo? ¿Quieres que vuelva contigo? –le preguntó con la intención de dilucidar qué se proponía exactamente y en qué posición la dejaba eso a ella.

–¡Claro que no! –exclamó Cristophe con incredulidad–. Te propongo un fin de semana.

Erin sintió su desprecio y le hizo tanto daño que se juró que algún día, de alguna forma, pagaría por insultarla de aquella manera. De no haber aparecido en aquel momento el camarero, tal vez habría dicho algo de lo que luego se habría arrepentido. Como se vio obligada a morderse la lengua, se quedó mirando fijamente su plato mientras la bilis le iba subiendo por la garganta al tiempo que se preguntaba cómo demonios se atrevía Cristophe a tratarla como a una ramera.

–Así que lo que quieres es un fin de semana de guarradas –comentó–. Muy propio de ti.

Cristophe se quedó mirándola intensamente y Erin percibió el aura de su masculinidad y volvió a sentir el deseo, lo que era como retar a un tigre a través de los barrotes de la jaula y, sorprendentemente, un respiro de la humillación que le había infligido.

–Un fin de semana a cambio de mi silencio y de las veinte mil libras que me robaste... me parece una ganga –dijo Cristophe en tono gélido.

A Erin le hubiera gustado abofetearlo, pero se sujetó las manos apretándolas sobre el regazo, donde las había colocado para que él no las viera. Sabía que la única manera de tratar a Cristophe era con frialdad y que, si perdía los nervios, le pasaría por encima sin piedad.

–Deja de hacerte la fría. Puede que eso te funcione con Morton, pero a mí no me pone en absoluto –le dijo Cristophe en tono seco–. Un fin de semana, eso es lo que te propongo...

–¿Todo esto lo has planeado? ¿En realidad no tienes ninguna intención de comprar los hoteles?

–Eso ya lo decidirá mi equipo de inversiones. Si se decide que tu presencia entre el personal no es dañina, te podrás quedar aunque, obviamente, volveré a contratar al mismo equipo de auditoría para que investigue tus actividades.

–Y no encontrará nada porque no tengo nada que esconder –contestó Erin elevando el mentón en actitud desafiante–. No he robado nunca nada, ni en la empresa de Sam ni en la tuya. De hecho, no pienso tolerar que me chantajees.

–Te vas a tener que tragar esas palabras –admitió Cristophe cortando un trozo de solomillo, comida propia de un macho de apetito insaciable.

–Antes de que tome ninguna decisión, quiero que me enseñes las pruebas que dices que tienes contra mí.

–Después de cenar, en mi habitación –contestó Cristophe.

Erin volvió a sorprenderse de lo seguro que parecía en aquel asunto. A pesar de ello, consiguió mantener la calma.

–Ya veremos –concluyó comiendo a pesar de que no tenía hambre, pues no quería que Cristophe se diera cuenta de lo nerviosa que estaba.

–Tengo que volver a casa durante una semana porque la empresa de mi padre tiene problemas y necesita mis consejos. Supongo que sabrás cómo está la economía griega –comentó Cristophe.

Erin asintió.

–¿A ti te está afectando?

–No, mis negocios están aquí y en América del Norte y hacía un par de años que me di cuenta de lo que estaba sucediendo, pero mi padre es cabezota, no le gustan los cambios y no quiso escucharme.

–¿Por qué me cuentas todo esto?

–Obviamente, para que vayas eligiendo el fin de semana en cuestión porque ya supongo que tendrás una agenda social muy apretada.

Erin apretó las mandíbulas. Cada vez estaba más enfadada. La seguridad que Cristophe tenía en que se iba a salir con la suya era una afrenta monumental. La tentación de espetarle que dos bebés eran toda la agenda social que tenía era muy grande, pero el sentido común y el orgullo la mantuvieron callada. No quería que supiera que prefería ir al cine o comer con amigos en un lugar modesto a salir a cenar por ahí... porque todo no se lo podía permitir.

–¿Y qué tal van las cosas con Morton? –le preguntó Cristophe.

–Mi relación con Sam no es asunto tuyo –le espetó Erin.

–Estoy divorciado –murmuró Cristophe.

Erin se encogió de hombros.

–Me enteré por la prensa. No te duró mucho el matrimonio.

Cristophe frunció el ceño.

–Lo suficiente –contestó.

Al ver la cara que ponía, Erin comprendió que el fracaso de su matrimonio lo incomodaba. Cristophe no añadió nada más, se mostró reservado, lo que era muy propio de él. Erin sabía perfectamente que no le gustaba mostrar sus sentimientos ante los demás. Así había sido con ella hasta el final, cuando le había dicho que lo suyo se había terminado y lo había hecho sin ningún remordimiento. Aquel recuerdo hizo que Erin se tensara. Qué desagradable sorpresa se había llevado. No se lo esperaba. Sin embargo, ahora sabía perfectamente a quién se estaba enfrentando.

Al terminar de cenar, subieron en el ascensor en completo silencio. Erin no se podía creer la situación en la que se estaba viendo involucrada. ¿Acaso Cristophe se quería quitar el clavo de su exmujer con ella? Se le ocurrió que en un fin de semana no les daría tiempo y aquello hizo que se sonrojara.

Cristophe se quedó mirándola, imaginándosela con el pelo suelto, con un vestido de gala y zapatos de tacón alto y sintió que su cuerpo se aceleraba sin premeditación, se encontró recordando imágenes de lo más eróticas del pasado y se dijo que, cuando se volviera a acostar con ella, seguro que Erin lo decepcionaría. Seguro que sí. Seguro que no era tan bueno como lo recordaba. Se repitió una y otra vez que ese era todo su objetivo.

Erin había cambiado, ya no era tan fácil leer sus reacciones en sus ojos, ahora se mostraba más controlada y reservada, pero, aun así, Cristophe estaba seguro de que, cuando se diera cuenta de que tenía pruebas definitivas sobre sus robos, se plegaría a sus deseos.

Una vez en la suite de Cristophe, Erin rechazó la

copa que este le ofreció y se quedó mirándolo mientras él iba al dormitorio a buscar las pruebas en cuestión. Mientras lo hacía, no pudo evitar admirar su cuerpo y su forma de andar. Se enfadó consigo misma por hacerlo, pero se dijo que era normal, que todas las mujeres se fijaban en él.

¿Qué habría pasado con su mujer? ¿Estaba Cristophe tan enfadado con todas las mujeres del mundo que quería pagarlo con ella? ¿Por qué, físicamente, con ella después de tres años?

—Mira —le dijo dejando un informe sobre la mesa.

Erin tomó los documentos y se dirigió al sofá para sentarse. No quería apresurarse. Había copias de muchos documentos que había firmado mientras trabajaba para él, pagos a proveedores y terapeutas, facturas grapadas a otras copias que eran diferentes para que quedara claro que las cifras no encajaban. Erin sintió que el corazón se le caía a los pies y que le costaba respirar. Todo estaba muy claro.

Erin sintió que las rodillas le temblaban.

—Según la investigación de tu equipo, ¿esos terapeutas no existían?

—Sabes perfectamente que no —contestó Cristophe.

Erin llegó al último documento y se quedó mirando fijamente la orden de transferencia a una cuenta de la que ella era la titular. Sintió náuseas. ¿No había cerrado aquella vieja cuenta? Ahora no se acordaba. Solo había una transferencia, pero era suficiente. La única persona que tenía acceso a aquella información era Sally Jennings. Erin solía firmar todo lo que le dejaba sobre la mesa. Ahora comprendía que había confiado demasiado en ella, pero no le había quedado más remedio en la época porque era su primer trabajo serio y porque Cristophe quería que tuviera tiempo para pasar con él.

Como tenía mucho trabajo, había empleados a los que no les hacía ninguna gracia trabajar para la novia del jefe y quería impresionar a Cristophe con su eficacia, había confiado a ciegas en Sally, que llevaba trabajando en el spa desde que había abierto hacía diez años y conocía muy bien los entresijos del lugar. Ahora comprendía que aquella confianza había sido traicionada y que ni siquiera Sam la creería con aquellas pruebas tan bien organizadas.

Erin se puso en pie y dejó el informe sobre la mesa.

—¡Impresionante, pero yo no lo hice! Me diste una gran oportunidad dándome aquel trabajo, jamás se me hubiera ocurrido engañarte y robarte.

Cristophe la estaba mirando fijamente y, de repente, Erin sintió que le faltaba el aire y que el deseo se apoderaba de ella.

—Me sigues deseando, *koukla mou* —sentenció Cristophe.

Era la primera vez desde que se habían vuelto a ver que leía en ella como en un libro abierto y aquello le produjo una gran satisfacción.

—¡No! ¡De eso nada! —exclamó Erin con vehemencia.

No tendría que haber insistido en ver las pruebas en presencia de Cristophe, pues ahora se encontraba vulnerable y desvalida frente al depredador. Cristophe la tomó de la muñeca. Erin sintió que las turbulencias se convertían en un huracán y que sus defensas caían.

—No... —suspiró intentando tomar aire.

Pero él siguió acercándose, le pasó los brazos alrededor para presionarse contra ella y Erin sintió su calor y su fuerza como un afrodisíaco. Intentó mantener las distancias, mantenerse rígida, pero Cristophe siguió adelante.

–No pasa nada, yo también te deseo –declaró.

Erin no quería escuchar aquellas palabras de la boca del hombre que la había abandonado para irse a casar con otra mujer, aquel hombre que jamás la había deseado lo suficiente como para quererla. Cristophe solo se refería al sexo. Erin se lo dijo una y otra vez mientras sentía que su calor comenzaba a quemarla. Al tenerlo tan cerca, su olor la estaba invadiendo, aquel olor que jamás había logrado olvidar.

–¡Para, Cristophe! –le ordenó–. No pienso volver a cometer el mismo error. ¡No pienso volver a acostarme contigo jamás!

–Ya veremos... –contestó él con confianza.

Y, acto seguido y sin previo aviso, la besó.

Su sabor era adictivo. A pesar de ello, Erin intentó empujarlo, pero no lo consiguió. Sentía la necesidad más básica del mundo en su interior como una tormenta que le zarandeaba el cuerpo entero y se preguntó quién era el responsable, llegando a la conclusión de que estaban creando aquella electricidad entre los dos. La lengua de Cristophe se introdujo entre sus labios y Erin se estremeció. No podía hacer absolutamente nada ante su seducción, la hería profundamente sentir algo tan fuerte por él. Se moría por besarlo y aquello la aterrorizaba, lo único que le importaba en aquellos momentos era la fuerza de aquel cuerpo masculino y lo que le estaba haciendo sentir, sus pezones endurecidos y el líquido caliente como lava volcánica que sentía entre las piernas. La boca de Cristophe se apoderó de la suya con urgencia, haciendo que todas las terminaciones nerviosas del organismo de Erin se pusieran al rojo vivo.

Por eso, se le hizo tan difícil rechazarlo.

–¡No! –gritó apartándolo con fuerza.

Cristophe quedó sentado en una butaca, perplejo.

Erin le había dado un puñetazo de profesional. Cristophe echó la cabeza hacia atrás y cerró los ojos.

–Tienes razón, no es el momento. Tengo que volar mañana –declaró.

Erin sentía la respiración entrecortada, el pecho le subía y le bajaba mientras se afanaba en recuperar el control tan rápido como él.

–Ni ahora ni nunca. No es no –le aseguró mirándolo con desprecio–. Déjame en paz, mantente alejado de mí y no me vuelvas a amenazar.

Cristophe la miró con intensidad. No había nada que le gustara más que un buen desafío.

–No pienso dejarte en paz.

–Te vas a encontrar con algo que no te va a gustar –le advirtió Erin–. Te vas a arrepentir.

–No creo, ya sabes que no suelo arrepentirme de nada de lo que hago –contestó Cristophe–. ¿Temes que te fastidie tu futuro con Morton? Lo siento, *koukla mou,* pero le voy a hacer un favor a ese pobre hombre. Eres venenosa.

Erin apretó los puños.

–¿Venenosa? Tú sí que vas a terminar envenenado con tanta mala baba.

–Puedo contigo con los ojos cerrados.

–Siempre te gustó pensar que así era, ¿verdad? –le espetó Erin yendo hacia la puerta–. Ya vuelvo en taxi, no te preocupes.

En el ascensor, tuvo un ataque de pánico, el corazón comenzó a latirle aceleradamente, sintió mucho frío y recordó el beso. ¡Pura dinamita! ¿Cómo podía ser? Ya no estaba enamorada de él, creía que estaba curada... hasta que lo había vuelto a ver y la atracción había sido insuperable. A lo mejor, había sucumbido al beso por lo enfadada que estaba después de haber visto los informes.

«¿Esa es la mejor excusa que se te ocurre?», le reprochó una vocecilla.

Erin se sonrojó y se odió a sí misma casi tanto como odiaba a Cristophe. Su respuesta ante él había sido débil y aquello no podía ser, no se lo podía permitir.

Capítulo 4

EL ALBA encontró a Erin acunando en su regazo a su hijo Lorcan, que se había despertado por culpa de una pesadilla.

–Mamá... –murmuró el niño, somnoliento, fijando sus enormes ojos oscuros en ella mientras Erin le acariciaba los rizos y observaba cómo se le cerraban los párpados.

Ella estaba igual de cansada que su hijo, pues, cuando había vuelto a Stanwick, Sam le había pedido que le contara qué tal habían ido las visitas con Cristophe, lo que había supuesto una reunión de dos horas. Sam estaba contento ante la perspectiva de que sus propiedades pasaran a formar parte del imperio Donakis porque sinceramente creía que un hombre de negocios como Cristophe podría hacer que sus tres hoteles, toda su vida, subieran de nivel.

Por primera vez, Erin se había sentido incómoda en presencia de su jefe, pues sabía que no estaba siendo completamente sincera con él. Sam no sabía que entre ellos había habido una relación en el pasado y Erin no quería que se enterara. Si supiera que Cristophe era el hombre que la había abandonado y que había ignorado sus llamadas pidiéndole ayuda porque estaba embarazada, desconfiaría automáticamente de él y Erin no quería que su vida personal interfiriera en los planes que su jefe tenía para jubilarse. Tenía la sensación de que permitir que aquello sucediera sería peor que mantener el secreto de lo que la unía a Cristophe Donakis.

–Vuelve a meterlo en la cama –oyó Erin que le decía su madre acercándose para ayudarla a colocar las sábanas.

–Siento mucho que te hayas despertado –suspiró Erin.

–No pasa nada, yo no tengo que madrugar tanto como tú –le aseguró Deidre Turner–. Vuelve tú también a la cama. Pareces agotada. A ver si Sam se da cuenta de que tienes hijos y de que te gustaría pasar tiempo con tu familia.

–¿Cómo se va a dar cuenta si él no ha sido nunca padre? –murmuró Erin tapando a su hijo–. A Sam le gusta terminar el día con una charla y ahora estaba muy emocionado ante la posibilidad de vender.

–Eso estará muy bien para él, pero ¿qué será de ti y del resto de empleados? Ya sabes que no podemos vivir todos de mi pensión.

–Sobreviviremos –le aseguró Erin a su madre poniéndole la mano en el hombro–. Por lo visto, la ley nos protege, pero, de ser necesario, buscaré otro trabajo.

–No será fácil porque la economía está mal. Falta trabajo –protestó su madre.

–No nos va a pasar nada –le aseguró Erin aunque no las tenía todas consigo.

Se sentía culpable por no contarle a su madre que el comprador potencial de los hoteles de Sam era Cristophe Donakis.

Si su madre lo supiera, se enfadaría al enterarse de que su hija no le había dicho a Cristophe que tenía dos hijos. Además, su madre se preocupaba por todo, así que Erin solo le contaba cosas desagradables cuando no había más remedio.

Tras asegurarse de que Nuala seguía dormida en su

cuna, Erin volvió a la cama y se quedó tumbada en la oscuridad, tan nerviosa como su madre o más.

Vivían en una casa cómoda. No era suya, era alquilada porque su madre había imaginado que las cosas no les iban a ir bien y que no era buena idea que Erin pidiera una hipoteca. En el momento, aquello la había irritado, pero ahora que veía amenazado su trabajo se alegraba de ser inquilina y no propietaria.

Sam le había asegurado que no iba a perder el trabajo, pero, aunque la ley la amparara, estaba segura de que Cristophe encontraría la manera de deshacerse de ella si quisiera. Le había dejado muy claro que, si compraba los hoteles, no la quería en el personal, así que lo mejor que podía hacer era ponerse a buscar otro trabajo cuanto antes. Erin sabía que podía tardar meses en encontrar un buen empleo, pero se dijo que podía hacerlo, que tenía que ser positiva para poder hacer frente a los retos que tenía por delante.

Claro que Cristophe no era un reto, sino un gran obstáculo que tenía en medio del camino y que no sabía cómo bordear.

Realmente creía que le había robado dinero, lo que hacía que Erin se preguntara por qué no la había denunciado en el momento. Haciendo cálculos, supuso que, para cuando le dijeron que Erin le había robado, ya estaría casado. De haber ido a la policía, tal vez habría salido en la prensa que era su exnovia. ¿Tal vez ello lo habría avergonzado? No era fácil avergonzar a Cristophe Donakis. Lo más seguro era que hubiera avergonzado a su mujer. ¿Sería posible que hubiera mantenido una relación con ella y con Erin a la vez y no quisiera que Lisandra se enterara? Cristophe se había casado con ella apenas tres meses después de haber roto con Erin, lo que resultaba un tanto sospechoso. Erin nunca había tenido pruebas de que le fuera infiel, pero tampoco le parecía imposible que no lo hubiera hecho. Al fin y al cabo, no debía de conocerlo muy bien cuando la había dejado tirada y ella ni siquiera había supuesto que algo así podría suceder.

A Erin le gustaban las cosas ordenadas y seguras y jamás se arriesgaba. La única vez que lo había hecho, con Cristophe, le había salido realmente mal. En eso, eran completamente opuestos porque no había nada en el mundo que le gustara más a Cristophe que un buen desafío. Por eso, tras la carrera en la que le había ganado en la piscina, había insistido llamándola una y otra vez para que saliera con él. Ella le había dicho que no varias veces hasta que, por fin, Cristophe se las había ingeniado para que Erin fuera a una fiesta que daba en su casa. Lo había conseguido diciéndole que podía llevar a sus propios amigos, así que Erin había acudido acompañada por Elaine y Tom y la velada había resultado mágica. Al final de la noche, Cristophe la había besado por primera vez. Aquel sencillo beso había sido una explosión que la había aterrorizado porque Erin había sabido entonces que Cristophe Donakis era peligroso, pero no había podido resistirse.

–Me gustas... me caes bien –le había dicho después de haber compartido una pasión incendiaria–. ¿Por qué no podemos ser solamente amigos?

–¿Amigos? –se había reído Cristophe.

–Lo preferiría –había insistido Erin.

–Yo, no –había zanjado él muy serio.

Erin comprendía ahora que su reserva inicial podía haberla salvado de mucho sufrimiento. Por ejemplo, de haberse visto sola y embarazada de mellizos. Comprendía también, avergonzada, que el día anterior, dejándose llevar por el enfado, había estado a punto de decirle a Cristophe que era la madre de sus hijos. Menos mal que no lo había hecho porque sabía de sobra que él no querría a los niños, jamás accedería a ser su padre y los tomaría a los tres como una carga, así que Erin se dijo que tenía derecho a mantener la dignidad y a no contarle la verdad cuando no les iba a reportar ningún bien a ninguno.

Una vez, Cristophe le había contado que la novia de uno de sus amigos se había sometido a un aborto.

–Aquello rompió la relación –comentó–. Pocas parejas sobreviven a ese tipo de tensión. Yo no creo que jamás esté preparado para tener hijos. Prefiero llevar una vida sin cargas.

Erin había comprendido al instante el mensaje: «No me hagas eso a mí».

Había sido la única vez que Cristophe le había contado algo sobre sus amigos, pues, normalmente, no le contaba absolutamente nada. Erin se lo había tomado como una advertencia. Si se quedaba embarazada, él querría que abortara y su relación se terminaría. Seguía enfureciéndose cada vez que pensaba que se había quedado embarazada por culpa de Cristophe y, aunque después, desesperada ante su situación económica, había intentado ponerse en contacto con él, siempre había sabido que su embarazo no sería bien recibido, pues a Cristophe no le gustaban las sorpresas.

No, desde luego, no había razón para contarle a Cristophe que tenían dos hijos.

Había algo más urgente que tenía que resolver. ¿Qué iba a hacer con su amenaza de revelar el informe que contenían las pruebas incriminatorias hacia ella? Cristophe estaba amenazando la seguridad de su familia. Todo por lo que había trabajado y todo lo que había conseguido desaparecería de la noche a la mañana. Su madre y sus hijos pagarían las consecuencias si perdía su trabajo y su sueldo. Si conseguía dejar su orgullo a un lado y jugar al cruel juego de Cristophe, aquel informe jamás vería la luz y tendría, por lo menos, un año de trabajo y sueldo mientras buscaba otro empleo.

¿Qué era un fin de semana comparado con el resto de la vida? Erin recordó la preocupación de su madre instantes antes y se dijo que no merecía pasar por una situación desagradable de nuevo. En cuanto a sus hijos, Erin estaba dispuesta a hacer lo que fuera necesario para protegerlos.

Erin se dijo que todo aquello era culpa suya, que no tendría que haber ignorado los consejos que le dio todo el mundo cuando se embarcó en la relación con Cristophe. Todo el mundo sabía que cambiaba de mujer como de camisa y, aun así, ella, no contenta con mantener una relación personal con él, se había hecho todavía más dependiente al trabajar para él. Sus amigas le habían dicho que no era inteligente por su parte y Erin comprendía ahora que era verdad, que nada de lo que había hecho durante aquel año había sido inteligente. Se había empeñado en mantener una relación con un hombre que jamás se había comprometido con ella. Pero si ni siquiera había podido estar de vuelta en el Reino Unido para celebrar su cumpleaños juntos.

Ahora, aquel hombre había vuelto a su vida y era obvio que no lo había hecho con buenas intenciones. Había tenido dos años para regocijarse en la humillación de que le había robado y ahora quería sangre.

El sol se estaba poniendo y Cristophe observaba el atardecer en el fresco jardín de la casa de sus padres en Atenas, una casa situada a las afueras, lejos de la contaminación y del tráfico, una casa muy hogareña situada en la isla privada de Thesos, que Cristophe había heredado al cumplir los veintiún años.

Vasos y Appollonia Denes siempre habían sido muy escrupulosos con el tema de no enriquecerse por haberse hecho cargo de un heredero extremadamente rico. Ambos veían la vida en blanco y negro, sin matices grises, lo que dificultaba mucho la comunicación con ellos y frustraba a Cristophe sobremanera.

Llevaba tres días encerrado en el despacho con su padre adoptivo, intentando evitar que la empresa entrara en bancarrota. Vasos no quería aceptar un crédito de su hijo bajo ningún concepto, no quería tocar su dinero de ninguna manera a pesar de que tenía tanto estrés que se había quedado dormido en la cena.

Su madre estaba muy preocupada aunque no quería que se le notara. En realidad, no se había recuperado de la crisis nerviosa que había sufrido un año y medio antes.

Cristophe era consciente de que, si supieran que había vuelto a tener contacto con Erin Turner, se sentirían muy mal, pues lo adoraban y creían que, como lo habían educado de una manera conservadora, Cristophe andaría por la vida con sus valores y sus principios, pero ya de niño Cristophe sabía perfectamente lo que tenía que hacer para tenerlos contentos y había aprendido a fingir para salirse con la suya.

Cristophe se sirvió otra copa e intentó no pensar en Erin, pero lo cierto era que, trabajando dieciocho horas al día, pensar en ella era una buena distracción. Había decidido que, si no lo llamaba en las siguientes veinticuatro horas, pasaría al plan B y jugaría fuerte. Ya lo tenía todo pensado y no se iba a arrepentir, fundamentalmente porque no había nacido con el gen del perdón. Se daba cuenta de ello y no le importaba.

Recordó el beso y se preguntó qué demonios le pasaba. Parecía una adolescente. ¿Por qué le importaba tanto que Erin pudiera estar en aquellos momentos en la cama con Sam Morton? ¿Por qué le importaba lo más mínimo? ¿Por qué se enfurecería tanto al imaginarlo? Debería servirle para apagar el fuego que Erin encendía en su interior, hacerle sentir asco, pero lo único en lo que podía pensar era en el fin de semana que iba a pasar con ella, un fin de semana de ensueño, de fantasía. Por supuesto, tanto mito y tanto sueño terminaría en decepción, que era precisamente lo que él buscaba para curarse y poder olvidarse de una buena vez de aquella ladrona.

Cristophe saboreó aquel momento por adelantado.

Erin descolgó el teléfono sintiendo que la sangre se le helaba en las venas. Ya nunca se mostraba débil ante los demás, ya no era la mujer que era tres años antes pero, a pesar de que era más fuerte, no tenía nada que hacer, pues Cristophe la había vencido, no le había dado opción y no había tenido más remedio que aceptar que, para proteger a sus seres queridos, tenía que ceder ante él.

–Sí, señorita Turner –le dijo una voz femenina al otro lado de la línea–. El señor Donakis me había dicho que iba usted a llamar. Ahora mismo la paso.

Aquello fue como otro puñetazo. Así que Cristophe estaba completamente convencido de que iba a ceder. Erin recordó entonces la cantidad de veces que había intentado hablar con él dos años atrás y se había encontrado con una pared.

–Hola, Erin, ¿en qué te puedo ayudar? –le preguntó Cristophe.

–¿Te viene bien el fin de semana del día cinco? –le propuso Erin con voz firme a pesar de que sentía una tremenda angustia por dentro porque era consciente de que había perdido el control sobre la situación.

No se podía creer que estuviera haciendo aquello, pero la parte más lógica de su cerebro se había erigido en reina y la bombardeaba constantemente con imágenes de su madre y de sus hijos.

–Para eso quedan dos semanas –protestó Cristophe.

–Es la primera fecha que tengo libre –contestó Erin en tono profesional.

–Muy bien. Haré que se pongan en contacto contigo para darte instrucciones. Ten el pasaporte a mano.

–¿Por qué? ¿Dónde tienes planeado que vayamos? –se sorprendió Erin.

–A un sitio discreto. Nos vemos el día cinco –murmuró Cristophe, y Erin comprendió, porque había bajado la voz, que no estaba solo.

Colgó el teléfono sintiendo que se le había secado la boca, sintiendo cómo el odio se apoderaba de ella. ¿Qué le había hecho para que la buscara y amenazara con destrozarle la vida? ¿Todo aquello era solamente porque creía que le había robado? En los meses de relación, jamás habría aceptado regalos caros ni ropa. ¿Acaso aquello no contaba? Siempre había intentado que su relación fuera de igual a igual.

Aquello la hizo recordar.

Cristophe había conseguido que Erin aceptara iniciar una relación con el sirviéndose de gestos románticos, lo que ahora se le antojaba toda una sorpresa. De vez en cuando, le mandaba flores con notitas y el día de San Valentín le había mandado una nota exquisita y una invitación para cenar de nuevo. Durante todo aquel tiempo, Cristophe no mostró ni el más mínimo interés en otra mujer, así que Erin creyó en su sinceridad para con ella. Por fin, accedió a salir con él, los dos solos, se lo pasó muy bien y así empezó todo.

Durante aquella cita, solo se dieron besos, nada más porque ella no quería ir más lejos. Cuando había protestado y le había pedido una explicación y Erin le había contado sinceramente que iba a ser su primer hombre. Desconcertado, Cristophe había accedido a esperar el momento que a ella le pareciera oportuno y a Erin aquel gesto se le había antojado tan bonito que lo había querido todavía más por no presionarla.

Al final, se había acostado con él porque ya no podía más de necesidad y de deseo y la experiencia, la conexión que había sentido con él, le había parecido lo más maravilloso del mundo. A los cuatro meses de estar juntos, cansado de que no estuviera a su disposición las veinticuatro horas del día porque era entrenadora personal y tenía horarios de locos, Cristophe le había ofrecido trabajar para él como directora del spa del lujoso hotel Mobila, en Londres. Erin se lo había pensado mucho antes de aceptar y, cuando al final lo había hecho, se había encontrado con que a sus colegas no les hacía ninguna gracia que fuera la novia del jefe.

En aquella época, tomaba la píldora anticonceptiva. A pesar de que había probado diferentes marcas, sufría efectos secundarios como cambios de humor, que la hacían sentirse muy rara. Al final, Cristophe le aseguró que él se haría cargo de las precauciones y, poco después de aquello, había tenido lugar la conversación sobre aquella novia de su amigo que había abortado.

A los seis meses de estar con él, prácticamente vivía en su casa cuando Cristophe estaba en la ciudad. poco a poco, él había comenzado a pedirle que lo acompañara en sus viajes. Erin le había dicho que no podía ser porque sus empleados no la tomarían en serio. Cristophe le había dicho que tenía razón, pero no le había gustado y había empezado a cuestionar el tiempo que pasaba con Tom mientras él estaba fuera. Tom Harcourt era lo más parecido que Erin tenía a un hermano. Se habían conocido en la universidad y eran buenos amigos desde entonces. Nunca se habían sentido atraídos sexualmente, pero se llevaban a las mil maravillas, algo de lo que había sido testigo Cristophe y que, evidentemente, le provocaba celos. A los ocho meses de estar juntos, Cristophe y ella habían tenido una pelea terrible sobre aquel tema.

–¿Qué te parecería si yo tuviera una amiga tan íntima? –le preguntó Cristophe.

Lo cierto era que a Erin no le hubiera hecho ninguna gracia, pero quería mucho a Tom y se negaba a no seguir viéndolo.

–Eres demasiado posesivo conmigo –le había dicho.

–Eres una mujer muy guapa, estoy seguro de que Tom lo sabe y te aseguro que las relaciones completamente platónicas entre hombres y mujeres no existen. Una parte o la otra siempre siente algo –había insistido Cristophe.

–Pues no te va a quedar más remedio que confiar en mí –había zanjado Erin.

–Cristophe está enamorado de ti –le había asegurado Elaine, que tenía más experiencia que ella–. Nunca lo hubiera creído, pero te aseguro que los hombres solo se ponen celosos cuando sienten algo de verdad –había añadido en tono divertido.

Aquella idea esperanzadora había sido la que había llevado a Erin tenderle la mano a Cristophe, con el que llevaba sin hablarse dos semanas. Además, por aquella época Tom empezó a salir con Melissa, con la que terminaría casándose.

Erin había albergado esperanzas de que, entonces, Cristophe se mostrara más serio hacia su relación, pero no había sido así. Pasaron las Navidades y su cumpleaños separados porque él tenía que ir a Grecia. No le pidió que lo acompañara. Lo único que no había cambiado era la pasión que sentía por su cuerpo. Ni siquiera la última noche que pasaron juntos, aquella noche en la que Erin estaba convencida de que concibió a sus hijos.

Unas semanas después, durante la celebración de la fiesta de cumpleaños de Erin en el hotel, la dejó. Entró en el spa, dijo que quería hablar con ella a solas y salió cinco minutos después habiéndola abandonado.

–Lo que hay entre tú y yo se ha terminado –le anunció–. Necesito seguir con mi vida.

Y había seguido, por supuesto que sí. A la velocidad de la luz, pues no había tardado mucho en anunciar su compromiso matrimonial.

Erin volvió al presente.

No acertaba a comprender por qué quería revivir el pasado con ella después de haberla abandonado sin ningún tipo de sentimiento. No tenía sentido. A lo mejor quería castigarla porque la creía una ladrona, pero ¿por qué haciendo que se acostara con él? Acostarse con un hombre como Cristophe no era un castigo.

Capítulo 5

DOS SEMANAS después, Erin se bajó del coche que había ido a buscarla al aeropuerto y tomó aire lenta y profundamente.

Italia. La Toscana, para ser más exactos.

Erin no se lo esperaba para ser sinceros, había creído que el encuentro tendría lugar en Londres, en casa de Cristophe o en uno de sus hoteles. No contaba con que tuviera lugar en una antigua casa de campo situada en medio de un maravilloso valle italiano.

Aunque el sol se estaba poniendo, las vistas de viñedos, cipreses, pinos y olivos era magnífica y la casa, de color melocotón y tejados de tejas rojizas, era una maravilla. Había un rebaño de ovejas cruzando por los pastos con sus cencerros.

Jamás hubiera imaginado a Cristophe en un escenario así, pues creía que el único entorno en el que sabía vivir era el del ajetreo de la ciudad.

Un mayordomo bajito y calvo agarró su equipaje y se presentó en inglés como Vincenzo, la invitó a que lo siguiera al interior de la casa y la acompañó a través de una imponente escalera de mármol blanco a una preciosa habitación decorada en tonos masculinos dorados y verdes. Al ver la imponente cama que gobernaba la estancia, Erin apartó la mirada y se obligó a sonreír educadamente cuando el mayordomo le mostró el precioso y moderno baño.

¿Sabría aquel hombre a lo que había ido ella allí o supondría simplemente que era otra de las conquistas de Cristophe? ¿Qué importaba lo que creyera aquel hombre?

Erin se quedó mirando su reflejo en el espejo y se dijo que tenía que recomponerse.

Hacía mucho tiempo que no se acostaba con nadie, pero, al fin y al cabo, sexo era sexo, con Cristophe o con otro.

Lo que había decidido hacer era lo mejor: no arriesgar su seguridad ni la de los suyos.

Durante los últimos quince días, las negociaciones para la venta de los hoteles de Sam se habían acelerado. De hecho, el borrador del contrato de compraventa estaba firmado, así que, le gustara o no, iba a volver a trabajar para Cristophe Donakis.

El hecho de que estuviera tan convencido de que le había robado la hacía sentirse incómoda aunque no tanto como haberle tenido que mentir a su madre para viajar a Italia.

Preocupada, se quitó el abrigo y aceptó bajar a tomar un café. A su madre le había dicho que se iba a Escocia a ver a Tom y a Melissa y conocer a Karen, su recién nacida. A Deidre Turner le habría dado un infarto si hubiera sabido la verdad.

Erin se consoló diciéndose que, a veces, era mejor mentir que contar la verdad, pero aquello no la liberó de su culpa, pues su madre la había enseñado, precisamente, todo lo contrario.

Vincenzo le sirvió un café en la terraza. Erin se puso a pensar en Lorcan y Nuala, pues le hubiera gustado poder pasar el fin de semana con ellos. Estaba disfrutando de las luces del atardecer cuando recibió un mensaje de texto en el teléfono móvil.

Lleva el pelo suelto, ponía.

Cristophe la estaba reduciendo a un juguete con el que cumplir sus fantasías. A Erin se le atragantó el café. Estaba tan nerviosa que sentía náuseas. Había amado a aquel hombre en el pasado con toda su alma. Aunque se había empeñado en ocultarlo, lo había adorado y la intimidad que habían compartido no había hecho sino añadir otra dimensión a aquel amor. El encuentro que estaban a punto de protagonizar iba a dar al traste incluso con los buenos recuerdos. Tal vez, fuera lo mejor.

¿Cómo lo estaría viviendo él? A Cristophe le gustaba el poder. Seguramente, lo estaría viviendo como toda una victoria. Erin apretó los dientes y subió a su habitación a cambiarse. ¿Debía vestirse como si fueran a salir o esperarlo en la cama? Erin sintió que los ojos se le llenaban de lágrimas y parpadeó para apartarlas, furiosa.

Decidió darse una ducha. Bajo ningún concepto lo iba a esperar en la cama. Envuelta en una toalla, sacó un vestido de seda azul de la maleta.

Cristophe se bajó del helicóptero y entró en la villa. Lo devoraban la impaciencia y el deseo. No había dado pie con bola en todo el día ni en toda la semana, para ser sinceros. Con solo pensar en Erin, se distraía.

Vincenzo lo había llamado para confirmar su llegada y lo había sorprendido en mitad de una reunión de directivos. ¿Cuántas veces se había dicho a sí mismo que no debería hacer lo que iba a hacer? ¿Y por qué no? ¿Qué había de malo en comportarse como un canalla una vez? Tres años atrás la había dejado ir sin ninguna represalia. Volverse a acostar con ella una sola vez era una indulgencia pero también un exorcismo y, una vez hecho, quedaría libre.

Erin notaba que el corazón le latía aceleradamente. Estaba asomada al ventanal de la habitación, no quería mirar hacia fuera, sentía el estómago hecho un nudo. Había oído el helicóptero y sabía que Cristophe había llegado y que en pocos minutos entraría en el dormitorio.

Erin entrelazó los dedos de las manos con fuerza para intentar recuperar la calma. Entonces, se abrió la puerta y apareció Cristophe, que se quedó mirándola. Sus ojos brillaban tanto que parecían dos enormes diamantes negros. Aquellos ojos se posaron en ella.

Allí estaba, con su pelo rubio pálido como la plata cayéndole sobre los hombros. Erin se había puesto un vestido azul muy bonito que enmarcaba su menuda silueta. Lo estaba esperando, como solía hacer en el pasado.

Erin.

Cristophe saboreó el momento.

Se dio cuenta, entonces, de que Erin estaba nerviosa y sonrió como un depredador.

—Cristophe... —lo saludó ella con voz trémula.

—Erin —dijo él cruzando la estancia en amplias zancadas y tomándola entre sus brazos.

—¿Qué...? —preguntó Erin cuando Cristophe dijo algo en griego.

—No me apetece hablar, *koukla mou* —contestó él acercándose peligrosamente a su boca.

Sus preciosos ojos la cautivaron e hicieron que se quedara inmóvil completamente, con el aliento suspendido, mientras Cristophe se acercaba más y más. Estaba tan guapo, tan increíble y sinceramente guapo que el impacto fue brutal.

Cristophe la besó en la comisura de los labios suavemente. Erin tembló, su mente dejó de pensar, su cuerpo pasó a tomar el control y sintió que quería más, quería tanto que le dolía. Cristophe la besó entonces con mucha urgencia, lo que a ella le encantó. Sus lenguas se encontraron y el beso fue haciéndose cada vez más apasionado.

Sin dejar de besarla, Cristophe se desabrochó la chaqueta y la dejó caer al suelo. Acto seguido, se desabrochó la corbata y Erin comenzó a desabrocharle la camisa. Lo hizo sin pensar, dejándose llevar por el instinto. No entendía cómo ni por qué lo estaba haciendo, pero lo hacía, sus dedos acariciaron la mejilla de Cristophe mientras notaba que el corazón le latía tan aceleradamente que temía que se le fuera a salir. sentía que las piernas le temblaban y que no la iban a sujetar y, por supuesto, era consciente del vacío que sentía entre ellas y del volumen que habían tomado sus pechos.

Cristophe le tomó las nalgas entre las manos y se apretó contra ella para que sintiera su erección.

–Muero por ti –dijo en un tono casi acusador.

Luego, le dio la vuelta y le bajó la cremallera del vestido.

–Yo también –confesó Erin sin poder ocultar su amargura.

Le temblaba el cuerpo entero de deseo mientras Cristophe le bajaba los tirantes del vestido por los hombros y la prenda caía al suelo alrededor de sus pies.

Con la respiración entrecortada, la volvió a girar hacia él, la tomó entre sus brazos y la depositó en la cama con un grito de satisfacción.

«Es sexo, solamente sexo» se dijo.

Pero el deseo era indescriptible.

Cristophe le desabrochó el sujetador sin dejar de mirarla a los ojos. Mientras lo hacía se repetía una y otra vez que era una ladrona y una mentirosa, pero dio igual, nada de aquello funcionó. Cristophe se quitó la camisa y sintió las manos de Erin en el pecho, lo que le llevó a preguntarse si iba a aguantar, si iba a poder penetrarla antes de correrse.

–¿Cómo es posible que todavía me pongas así? –se preguntó en voz alta mientras se la comía con la mirada.

A continuación, dejó caer la cabeza sobre ella y su boca encontró uno de sus grandes pezones rosados. Lo chupó, lo succionó y jugueteó con él porque sabía que a Erin le encantaba. De hecho, arqueó la espalda de placer y Cristophe sonrió satisfecho. Entonces y solo entonces permitió a sus labios recorrer el resto de su pecho, volviendo una y otra vez al pezón para atormentarlo.

Sin dejar de mirarla, se puso en pie un momento para quitarse los pantalones. Se dio cuenta entonces de que Erin se sonrojaba de vergüenza e incomodidad y, de hecho, se incorporó, flexionó las rodillas y se las abrazó para taparse. No quería disfrutar de lo que estaba haciendo. Quería comportarse como una estatua de piedra, no quería sentir, quería mantener las distancias, pero Cristophe era todo un experto en la cama y no le iba a permitir escaparse. Lo había demostrado por cómo la estaba seduciendo, buscando que su cuerpo respondiera a sus caricias.

–No era mi intención tirarme sobre ti como un animal salvaje nada más verte –confesó Cristophe con impaciencia–. Quería que cenáramos primero.

Erin evitó mirarlo a los ojos.

–Nunca se te dio bien esperar. Siempre fue así entre nosotros...

–Ya no hay ningún nosotros.

Erin bajó la mirada. Se equivocaba. Lorcan y Nuala eran la prueba de ello, una maravillosa combinación de sus respectivos genes. Ambos se parecían a su padre en cuanto a su naturaleza volátil. Ninguno de ellos había sacado la vena más tranquila de su madre. Erin se alegraba de que Cristophe no supiera de su existencia, se alegraba de que sus hijos no fueran a copiar aquel modelo que se creía que el mundo estaba a sus pies y que siempre encontraba la manera de salirse con la suya aunque fuera perjudicando a los demás, se alegraba de que Cristophe no fuera a tener jamás la opción de convertirlos en niños mimados egoístas y, después de lo que le estaba haciendo a ella, no sentía absolutamente ningún remordimiento por todo ello.

–Cualquiera diría que estás tramando algo –comentó Cristophe al verla tan sumida en sus pensamientos.

Lo tenía cerca, desnudo y excitado, la estaba mirando con insistencia y Erin sintió que su cuerpo reaccionaba inmediatamente.

–¿Y qué iba a estar tramando?

–No sé –contestó Cristophe acariciándole el labio inferior con la yema del dedo índice–, pero has puesto la misma cara que cuando te enteraste de que había llevado a unos hombres de negocios a un club de topless.

–Preferiría no recordar aquello –contestó Erin mientras Cristophe se sentaba a su lado.

Acto seguido, la tomó de las manos y la obligó suavemente a soltar las rodillas. Erin sintió que la respiración se le entrecortaba cuando Cristophe comenzó de nuevo a acariciarle los pechos. Acto seguido, le apoyó la espalda en los almohadones, avanzó más allá de la cinturilla de sus braguitas y acarició su piel desnuda hasta encontrar su clítoris.

Erin sintió que el deseo entre sus piernas se intensificaba y cerró los ojos con fuerza. Cristophe la besó entonces con intensidad, la desposeyó de aquella última prenda y comenzó a besarla por la tripa. Erin abrió los ojos de repente porque tenía estrías en la tripa a causa del embarazo, pero Cristophe se movió deprisa sobre su abdomen y fue directamente hacia su pubis.

Lo encontró con su boca y con los dedos, inspeccionó su calor de miel hasta hacerla gemir y arquear las caderas. Las sensaciones hicieron que Erin perdiera el control, se le entrecortaba la respiración mientras se movía contra él, deseando, necesitando y pidiendo hasta que la respuesta de su cuerpo fue tan fuerte que la llevó hasta un clímax explosivo.

–Me encanta ver cómo te corres... creo que es la única vez en tu vida que sueltas el control –comentó Cristophe mirándola a los ojos–. Qué diferente somos.

Erin salió de su íntimo placer y lo miró, dándose cuenta de que la estaba mirando de manera diferente, como si la estudiara. Aquello hizo que se sintiera expuesta y vulnerable. Cristophe la había seducido con tanta intensidad que había olvidado qué día era.

–No quiero seguir con esto –declaró.

–Mentirosa –contestó Cristophe besándola en la boca de nuevo y abriéndose paso entre sus labios con la lengua.

El beso fue tan apasionado que Erin se estremeció. Cristophe se colocó un preservativo y volvió sobre ella como una fuerza de invasión, abriéndole las piernas para colocarle los tobillos sobre sus hombros y penetrándola con tanta fuerza que a Erin se le fue la cabeza hacia atrás.

«Qué maravilla, esto es increíble», pensó enfadada consigo misma por no ser capaz de no responder.

Si hubiera conseguido no responder al deseo de Cristophe, él no habría insistido. Lo conocía lo suficiente como para estar segura de ello.

Cristophe se cambió de postura y siguió penetrándola rápida y fuertemente. Erin sintió que el corazón se le aceleraba como si estuviera corriendo una maratón. Cristophe gimió de placer al verla gritar, al ver que no podía resistirse a aquel ritmo fluido que se había instalado entre los dos.

Y Erin sintió que el calor se apoderaba de nuevo de su pelvis y que en ella se originaba una explosión de luz muy blanca que llegaba a todos los miembros de su cuerpo.

Cristophe gimió cuando Erin volvió a llegar al orgasmo. Cuando salió de aquel estado, se encontró temblando y, sorprendentemente, Cristophe la había rodeado con sus brazos.

–Eres increíble –le dijo besándola en la mejilla–. Ha merecido la pena esperar, *koukla mou*.

Pero si no le había hecho esperar en absoluto. En menos de cinco minutos estaban en la cama.

«Qué fácil soy», decidió Erin apenada.

No se podía creer que estuviera de nuevo entre sus brazos, de nuevo sintiendo aquella cercanía con él. ¿Cómo era posible que se sintiera conectada de nuevo a Cristophe Donakis? Era como si tres años se hubieran desvanecido.

Volvía a disfrutar de aquellos momentos privados con el hombre al que amaba. La diferencia era que ya no lo amaba. Erin se lo recordó con amargura y también se recordó que él jamás la había amado a ella. Por otra parte, no debía olvidar que se habían acostado porque le había chantajeado para que lo hicieran.

Cuando Erin se disponía a distanciarse, fue Cristophe el que se puso en pie y se perdió en el cuarto de baño.

Erin oyó el agua de la ducha correr y se preguntó cómo iba a vivir después de haberle concedido aquella victoria, cómo iba a poder volver a mirase al espejo. Podía repetirse todas las veces que quisiera que lo había hecho para proteger su vida y la de sus hijos, pero lo que acababa de hacer iba contra todos sus principios. Como si eso no fuera suficiente, el peor castigo era que lo había disfrutado.

Cristophe reapareció con una toalla enrollada a la cintura, fuerte, bronceado y magnífico. En aquel momento, llamaron a la puerta.

–Le he dicho a Vincenzo que nos subiera la cena –comentó con naturalidad.

Erin salió de la cama y fue también a ducharse. Lo hizo con el piloto automático puesto, desesperada por escapar de su presencia. Al salir de la ducha, vio un albornoz negro colgado en la puerta y decidió utilizarlo, pues no se había llevado el suyo.

Cristophe se había puesto unos vaqueros y una camiseta negra. Junto a la mesa, había un carrito con varios platos.

–¿Cómo ha podido subir todo esto hasta aquí? –se maravilló Erin.

–Hay un ascensor –contestó Cristophe–. La antigua propietaria era una mujer mayor que tenía problemas de movilidad.

–¿Desde cuándo tienes esta casa?

–La compré hará aproximadamente un año. Quería tener una casa en la que poder descansar entre viaje y viaje de negocios –contestó Cristophe aparentemente distante y calmado después de lo que habían compartido–. ¿Qué te apetece?

–Ya me sirvo yo –contestó Erin manteniendo las distancias mientras miraba qué había para elegir.

Lo cierto era que tenía hambre y no era de extrañar porque llevaba casi dos días sin comer a causa de los nervios. Eligió tortellinis rellenos de carne y ensalada panzanella y se sirvió una rebanada de pan casero.

Cristophe sirvió vino para los dos y se sentó. Al verlo tan seguro de sí mismo, Erin sintió que le rechinaban los dientes. Había dado al traste con su orgullo y su seguridad. Ya no sabía quién era. Ya no era la mujer madura y autosuficiente por la que se tenía. Aquello le dolió.

–¿No te molesta saber que me he acostado contigo porque me has hecho chantaje? –le espetó.

–Puede que, al principio, fuera así, pero, al final, no lo ha sido –contestó Cristophe pasándole una copa de vino tinto.

Siempre la había deseado, desde el primer momento, desde que la había visto en la piscina por primera vez. La había vuelto a desear con la misma intensidad en el despacho de Sam Morton. No le hacía especialmente feliz desearla de aquella manera, no le hacía especialmente feliz no poder resistirse sexualmente a aquella mujer.

«Venenosa», se recordó a sí mismo.

Erin comprendió que Cristophe no se arrepentía en absoluto de lo que había hecho y apretó las mandíbulas. No se podía defender. No podía decir nada. Los dos sabían que tampoco se podía decir que hubiera sido una víctima que no hubiera participado en lo que había ocurrido.

–No entiendo por qué querías acostarte conmigo –admitió–. Cuando me dejaste, dijiste que te habías aburrido de nuestra relación.

Cristophe se puso muy serio.

–Yo nunca dije que me hubiera aburrido.

Erin sintió que la frustración se apoderaba de ella. La misma frustración que la había acompañado durante meses después del abandono, aquellos meses en los que se había preguntado una y otra vez qué había hecho mal para que Cristophe la dejara. La curiosidad pudo más que ella.

–Entonces, ¿por qué me dejaste?

–Dudo mucho que quieras que te conteste sinceramente a esa pregunta –contestó Cristophe.

–Ya hace tiempo de eso, Cristophe –le espetó metiéndose un trozo de tomate en la boca.

–Precisamente por eso –contestó él.

–Aun así, quiero saber por qué me dejaste –insistió Erin.

Cristophe dejó la copa de vino sobre la mesa y la miró con los ojos brillantes. Erin sintió un escalofrío por la espalda.

–Te dejé porque me fuiste infiel.

Erin lo miró estupefacta.

–Jamás.

–¿Cómo que no? Pero si vi al tipo en tu cama en el hotel después de tu fiesta de cumpleaños –recordó Cristophe–. Me fuiste infiel.

Erin frunció el ceño.

–¿A quién viste en mi habitación?

Cristophe se encogió de hombros y sonrió con ironía.

–No tengo ni idea de quién era. Entré en la habitación para sorprenderte y el que me llevó la sorpresa fui yo.

–Pero yo no estaba allí –dijo Erin–. A mí no me viste, ¿verdad que no?

–Vi al hombre, la ropa tirada en el suelo, las copas de vino... y oí el agua de la ducha en el baño. No necesitaba verte para saber lo que había sucedido.

Erin estaba tan tensa que apenas podía respirar. Con

un movimiento rápido apartó la comida y se puso en pie, mirando a Cristophe furiosa.

—¡No me viste porque yo no estaba en aquel baño! Aquella noche ni siquiera dormí en Londres.

Cristophe la miró con ironía.

—Era tu habitación y ese tipo estaba en tu cama...

Erin sintió que la furia se apoderaba de ella.

—¿Y me lo dices ahora, tres años después? ¿Por qué no me lo dijiste entonces?

—No me pareció necesario montar un numerito —contestó Cristophe con desprecio—. Había visto todo lo que necesitaba ver.

Capítulo 6

EN AQUEL momento, Erin quería estrangular a Cristophe.

Recordó la tristeza que había vivido después de que la dejara. El comprender ahora por qué lo había hecho no hacía sino añadir leña al fuego. El hecho de que la hubiera juzgado sin ni siquiera preguntarle la había enfurecido sobremanera.

–Viste lo que necesitabas ver... ¿Lo dices en serio? –le espetó.

Cristophe elevó una ceja.

–¿Qué más pruebas necesitaba?

–¡Pruebas de verdad! –gritó Erin–. No era yo la mujer que se estaba duchando. Ya te he dicho que no pasé la noche en Londres. Me llamaron del hospital. A mi madre la habían ingresado con un amago de infarto. Tom y su novia me llevaron a casa y el hermano pequeño de Tom, Dennis, me pidió la habitación para pasar la noche con su novia. Le dije que sí. ¿Qué más me daba? Tú habías dicho que no ibas a llegar hasta el día siguiente, que no te daba tiempo a estar para mi cumpleaños.

Cristophe la miró muy serio.

–No te creo.

Erin se limitó a agarrar la botella de vino y a echársela por encima, disfrutando de lo lindo mientras el líquido rojo le caía por el pelo y le manchaba la camisa.

Sorprendido por el ataque, Cristophe se puso en pie a toda velocidad, maldijo en griego y se la arrebató.

–¿Te has vuelto loca o qué? –gritó.

Erin se quedó mirándolo tan contenta.

–Loca debía de estar para estar contigo. ¿Cómo te atreves a dar por hecho que me acosté con otro hombre? ¿Cómo te atreves a juzgarme así? Merecía más respeto por tu parte. ¿Por qué me condenaste sin preguntarme?

–No pienso hablar de esto contigo –contestó Cristophe dirigiéndose al baño–. Me voy a volver a duchar –declaró.

Erin fue más rápido que él y se puso en la puerta para obstaculizarle el paso.

–Eres un cabezota. Me ofrezco a jurar sobre la Biblia que no pasé aquella noche en el Mobila.

–¡Claro que sí! ¡Estabas allí! –gritó Cristophe.

–¡No, no estaba! –gritó Erin–. ¿Cómo puedes creer que pasé la noche con otro?

–¿Y por qué no? No pude llegar a tiempo para tu fiesta de cumpleaños y te enfadaste.

–¡Sí, me enfadé, pero no como para acostarme con otro! No me puedo creer que creyeras que te había sido infiel y que te largaras sin hablar del tema conmigo.

Cristophe apretó los dientes.

–Claro que ya entiendo por qué –continuó Erin–. Eres todo ego y orgullo, así que alejarte sin hablar del tema era lo más fácil para ti...

–No fue por eso –se defendió Cristophe–. Ya llevaba dudando de ti algún tiempo. Había otras... cosas que me habían hecho... sospechar.

–¿Cuáles? –lo retó Erin.

–No te las voy a decir.

–Eres irracional y arrogante –lo insultó Erin tan furiosa que temblaba–. Durante el tiempo que estuve contigo, ni siquiera miré a otro, pero eso no era suficiente para ti, ¿verdad? Eres celoso y posesivo hasta límites insospechados. ¡Ni siquiera soportabas que quedara con Tom!

Cristophe la tomó de la cintura y la apartó de su camino.

—Ya te he dicho que no vamos a mantener esta conversación.

Erin lo siguió al baño.

—Sí, sí que la vamos a mantener. Claro que la vamos a tener, Cristophe. ¡No me puedes acusar de infidelidad y esperar que lo acepte sin decir nada! ¿Qué demonios te pasa? Y también me tenías por una ladrona y tampoco dijiste nada. ¿No te parece un poco raro todo esto?

—¿Qué tiene de raro? —le preguntó Cristophe mientras se quitaba la camisa.

—Empiezo a creer que alguien me quería desacreditar a tus ojos.

Cristophe sonrió de manera irónica mientras se quitaba los vaqueros.

—Menuda paranoia.

Erin no pudo evitar quedarse mirándolo cuando se quitó los calzoncillos. Al darse cuenta de lo que estaba haciendo, se sonrojó y desvió la mirada.

—No es ninguna paranoia...

—Me engañaste con otro y te pillé, no hay nada más —insistió Cristophe metiéndose en la ducha—. Es agua pasada, no intentes remover el pasado.

—Te tendría que haber dado con la botella en la cabeza.

Cristophe cerró el agua y abrió la puerta de la ducha y la miró enfadado.

—Si te atreves a hacer algo así, no soy responsable de mis actos —le advirtió.

Erin volvió a enfadarse consigo misma porque había bastado una mirada de Cristophe para que el deseo se hubiera vuelto a apoderar de ella.

–Ojalá te hubiera sido infiel –declaró–. ¡Debería haberlo hecho después de cómo me trataste!

Dicho aquello, salió del baño. Aquella acusación la había dejado devastada, pues le había demostrado que no conocía a Cristophe tan bien como ella creía. ¿Por qué no le había comentado nada en el momento? Siempre lo había tenido por un hombre reservado, pero tanto como para mantener aquellos secretos... ¿qué más cosas no sabría de él? ¿Cuáles serían esas otras cosas que había mencionado y que le habían hecho dudar de su lealtad?

Erin agarró un par de almohadas y el edredón y se dirigió al sofá.

–No vas a dormir ahí –admitió Cristophe.

–¡No pienso dormir en la misma cama que un hombre que me tiene por una ramera y una ladrona! –contestó Erin volviéndose hacia él.

Cristophe se estaba volviendo a vestir.

–Hemos hecho un trato –le recordó.

–Sí, pero voy a añadir mis condiciones –declaró Erin–. Estoy dispuesta a mantener mi parte del trato si...

–Demasiado tarde, el trato ya está cerrado.

–Si es así, duermo en el sofá.

Cristophe la miró de soslayo.

–¿También haces trampas a las cartas?

–Tú sabrás. Me enseñaste a jugar tú –le recordó Erin.

Cristophe se giró hacia ella y la miró con atención. Deseó no haber dicho nada, no haberle dicho que sabía que le había sido infiel con otro. Todo iba sobre ruedas hasta que se le había ocurrido abrir la boca.

–¿Qué condiciones? –le preguntó con impaciencia.

–Volveré a la cama si, y solamente si, accedes a hablar con Tom para verificar que le entregó la llave de la habitación a su hermano y que, luego, me llevó al hospital donde estaba mi madre, a cientos de kilómetros de allí.

–Eso es ridículo.

–Es lo menos que puedes hacer. Me lo debes –contestó Erin elevando el mentón en actitud desafiante.

–Yo a ti no te debo nada –contestó Cristophe con insolencia mientras se ponía los vaqueros.

Aquel hombre era tan increíblemente guapo que le bastaba mirarlo para sentir que la respiración se le aceleraba. Llevaba el sexo impreso en cada una de sus células. Erin se fijó en que tenía la misma boca que su hijo Lorcan y se apresuró a apartar aquel pensamiento de su cabeza.

–Me merezco que compruebes mi versión de la historia –declaró con la dignidad de una reina–. No me diste la oportunidad hace tres años. Lo mínimo que puedes hacer es dármela ahora.

–Si accedo, ¿vuelves a la cama? –le preguntó Cristophe enarcando una ceja.

–Una cosa más.

–Me parece que te estás pasando.

Erin lo miró y recordó el tiempo en el que lo había amado, cuando vivía única y exclusivamente para verlo sonreír y para tener su atención.

–No, me lo merezco –insistió.

–Habla... –accedió Cristophe.

–Quiero que te preguntes por qué habría querido cometer el supuesto robo que he cometido y arriesgarme a ir a la cárcel cuando siempre rechacé todas las joyas que me quisiste regalar –le pidió–. Si hubiera querido dinero, habrías aceptado los diamantes y los habría vendido luego. Habría sido mucho más fácil.

Cristophe la miró a los ojos sin expresión y, luego, suspiró.

–Vuelve a la cama.

Erin agarró las almohadas y el edredón de nuevo. A continuación, deshizo el nudo del albornoz. Cristophe se quedó mirándola mientras el deseo se apoderaba de él, convencido de que no existía otra mujer en el mundo con una piel tan blanca y unas curvas tan femeninas. Se tumbó en la cama junto a ella, sintiendo por primera vez en mucho tiempo que estaba en el lugar que quería estar.

Erin se quedó mirándolo, comprendiendo por qué no se había acostado con ningún hombre después de él, comprendiendo que ninguno se podía comparar con Cristophe. Somnolienta, alargó el brazo y le acarició el labio inferior.

–Duérmete –le indicó él agarrándola de la muñeca–. Estás agotada –añadió fijándose en sus ojeras.

¿Por qué habría de importarle que estuviera cansada? Aquello no era más que una aventura de fin de semana, no tenía que preocuparse por ella. Cristophe se dijo que tampoco iban a hablar de la relación que había mantenido en el pasado porque no había nada de lo que hablar.

Erin se había mostrado muy sorprendida cuando la había acusado de serle infiel. A lo mejor, la había sorprendido que lo supiera. Era evidente que el hombre que había encontrado en su cama no le había dicho nada. Además, a ella siempre se le había dado bien hacerse la inocente. Había habido un tiempo en el que le había encantado que se hiciera la ingenua, pero ahora lo hacía sospechar.

¿Qué esperaba Erin sacar del fin de semana? Aquella

mujer era una superviviente. Él también lo era y no le gustaba en absoluto estar disfrutando tanto de su compañía.

Al día siguiente, desayunaron en la terraza a media mañana. Erin había dormido tanto que se sentía avergonzada, pero hacía tanto tiempo que no podía dormir a pierna suelta... los mellizos la despertaban nada más amanecer, reclamaban su atención y Erin había aprendido a dormir a ratos. Ahora, ataviada con unos pantalones de algodón blancos y una blusa de colores, le puso miel al pan tostado y disfrutó del paisaje que tenía ante ella, colinas cubiertas de nogales y de robles.

Aquello era como un viaje de placer porque el alojamiento y la comida eran excelentes y la compañía no estaba mal.

«¿Cómo que no está mal?», se mofó una vocecilla mientras Erin miraba a Cristophe, magnífico con su camisa negra y sus pantalones de tela a medida.

Cristophe se estaba paseando por la terraza mientras comía y bebía. Tenía tanta energía que no podía permanecer quieto. La había dejado dormir hasta tarde y, cuando la había despertado, ya estaba duchado y vestido. Cuando lo había visto tan cerca, Erin había sentido miedo, pues, cada vez que se le acercaba, su cuerpo la traicionaba.

Sentía una necesidad tan fuerte que le recordaba físicamente la pasión salvaje que habían compartido. Sí, compartido porque eso era lo que habían hecho. El horrible fin de semana que había temido no se había producido y, además, le estaba resultando de mucho provecho la información que estaba obteniendo.

Entonces, recordó que Cristophe le había dicho que

creía que lo había engañado y volvió a preguntarse cómo era posible que no se lo hubiera dicho entonces. Claro que, en realidad, entendía perfectamente por qué no lo había hecho: su profundo orgullo se lo había impedido. Había ocultado su enfado, algo que a ella le hubiera resultado imposible hacer, había aceptado su supuesta traición como un hecho. Aunque habían pasado varios años, le dolía porque lo había querido mucho.

Sin embargo, tal y como Cristophe le había recordado, aquello era agua pasada y era mejor no removerla.

Cristophe la llevó a dar un paseo en su coche descapotable. A Erin se le hacía raro disfrutar de tanta libertad, pues estaba acostumbrada a ir al parque todos los sábados por la mañana con los niños. Se sintió culpable porque su madre no les iba a llevar ya que se le hacía difícil controlar a los dos en lugares abiertos.

−¿Cómo terminaste trabajando para Sam Morton? −le preguntó Cristophe de repente.

−Por pura suerte. Había vuelto a casa y estaba trabajando de nuevo como entrenadora personal y una de mis mejores clientas era amiga suya. Aquella mujer, que era un encanto, le habló de mí cuando Sam le comentó que estaba buscando a una directora para su spa, así que me llamó y me hizo una entrevista.

−¿Qué te llevó a irte de Londres y volver a Oxford?

Erin lo miró de reojo y decidió ser sincera.

−No tenía dinero para seguir viviendo en Londres. No tendría que haber dimitido, no tendría que haber dejado mi puesto en el spa del Mobila. Fue demasiado apresurado.

−Me sorprendió que lo hicieras −admitió Cristophe−, pero supuse que, como habías estado robando, te pareció lo más inteligente para que no te pilláramos.

Erin dio un respingo, pero no dijo nada, resignada a

no poder defenderse hasta que hubiera hablado con Sally Jennings.

–Dejé mi puesto de trabajo en tu hotel porque no quería encontrarme contigo todo el rato y suponía que a ti te pasaría lo mismo. Pero me costó mucho encontrar trabajo –añadió Erin.

«Sobre todo, estando embarazada», pensó.

Pero aquello se lo calló.

Cristophe estaba recordando los tiempos en los que estaban juntos, recordaba a Erin bajo la lluvia con un paraguas, recordó que le gustaba quedarse en casa por las noches viendo películas de vídeo, pero que no le gustaban nada las películas de miedo. Prácticamente vivían juntos durante los fines de semana que estaba en Londres. Erin solía volverse loca porque él era muy desorganizado y a él le daba exactamente igual que a ella le encantara la pizza. Ahora, se preguntaba si realmente había llegado a conocerla bien.

Estaba atardeciendo cuando llegaron a un pueblecito de casas de piedra y calles estrechas. Entraron en la iglesia, donde Erin encendió una vela y rezó pidiendo paz mientras Cristophe la esperaba fuera. Cuando estaba con él, le costaba pensar con claridad y aquello la estaba empezando a asustar. Tenía que seguir odiándolo, pero lo que estaba sintiendo por él no era precisamente odio. Erin se dijo que no importaba, que en veinticuatro horas estaría en casa y que aquel pequeño episodio de su vida habría terminado. ¿Para qué atormentarse con arrepentimientos y preguntas absurdas?

Comieron en la plaza medieval, él al sol y ella a la sombra para no quemarse. La camarera, una jovencita de veintitantos años, no podía apartar los ojos de Cristophe. Erin recordó lo guapo que le solía parecer a ella.

–¿Qué ocurre? –le preguntó al ver que la estaba mirando.

–Estás muy guapa y solo has tardado diez minutos en arreglarte –contestó Cristophe sinceramente.

–Eso es simplemente porque estás acostumbrado a mujeres más decorativas...

–Nunca aceptas cumplidos. Cualquiera diría que no te parecen sinceros –murmuró Cristophe mirando intensamente la curva de sus labios.

Erin conocía bien aquella mirada, reconoció su apetito sexual e identificó el propio entre las piernas. Al sentir sus pezones endurecidos, se avergonzó e intentó mantener la calma tomando aire varias veces, pero no lo consiguió.

–Nos tenemos que ir, *koukla mou* –anunció Cristophe riéndose encantado.

Acto seguido, pagó la cuenta con prontitud. Erin se dijo que estaba deseando que llegara el día siguiente para que el fin de semana terminara y volver a su vida de siempre. Claro que nada iba a volver a ser como siempre porque ahora iba a volver a trabajar para Cristophe.

Bajaron andando hasta donde tenían el coche. Hacía mucho calor y Erin sentía que la ropa se le pegaba al cuerpo. Cristophe la agarró de la mano para ayudarla a recorrer las callejuelas de adoquines. Al llegar al coche, la besó con pasión. Erin no pudo evitar que su cuerpo reaccionara, que las necesidades que había estado intentando controlar desde que habían salido de la villa brotaran de ella como si fuera una fuente.

La carga erótica que había entre ellos, que era delirante, devastó sus defensas. Erin sintió la demanda del cuerpo de Cristophe cuando se apretó contra ella y la urgencia de su lengua mientras la besaba. Era como si se la quisiera comer viva.

–Vámonos –rugió.

Erin se metió en el coche con piernas temblorosas. Sentía el corazón latiéndole aceleradamente y la cabeza dándole vueltas por la culpa y la vergüenza. No había esperado que el fin de semana fuera así, no había contado con seguir sintiéndose tan atraída por Cristophe como para que las barreras entre ellos cayeran una detrás de otra.

Cristophe tomó aire y puso el coche en marcha. Había perdido el control y no le gustaba en absoluto. ¿Desde cuándo tener sexo se había convertido en ser adicto al sexo? ¿Qué había ocurrido con el exorcismo? ¿Le estaba sirviendo todo aquello para terminar con el deseo que sentía por ella?

Cristophe recordó su matrimonio, el peligro de los impulsos indisciplinados e, inmediatamente, el calor eléctrico que sentía por todo el cuerpo se enfrió y el deseo se aplacó un poco.

Justo cuando estaban entrando en la villa, comenzó a sonar el teléfono móvil de Erin.

–¿Mamá? –contestó extrañada–. Cálmate. ¿Qué ocurre? –quiso saber mientras se paseaba por el vestíbulo de entrada–. ¿Qué tipo de accidente?... Oh, Dios mío... ¿qué ha dicho el médico?

Erin se llevó la mano a la boca mientras escuchaba la explicación de su madre. Nuala se había roto el brazo en el parque y la tenían que operar. El corazón le latía tan aceleradamente que sentía náuseas. Tras asegurarle a su madre que llegaría al hospital en cuanto pudiera, colgó el teléfono.

–¿Malas noticias? –le preguntó Cristophe.

–Es una emergencia. Tengo que volver a casa inmediatamente. Lo siento. Voy a hacer las maletas –contestó Erin subiendo las escaleras corriendo.

No podía pensar más que en su hija, que estaba sufriendo, y en que ella no estaba a su lado para consolarla. Jamás se había sentido tan culpable. Nuala se había hecho daño y la iban a operar y ella no estaba a su lado.

Todo aquello no hubiera ocurrido de haberse quedado ella en casa, pues su madre se había llevado a los niños al parque en su lugar y Nuala, a pesar de que su abuela le había pedido varias veces que se bajara, se había subido a un columpio y se había colgado de las piernas. Gracias a Dios, solo se había roto el brazo. Se podría haber roto el cuello.

Cuanto más pensaba en ello, más se preocupaba Erin y más culpable se sentía. Le tendría que haber dicho a Cristophe que no podía irse de fin de semana con él porque ahora tenía hijos, responsabilidades. No decírselo había sido una irresponsabilidad por su parte.

–¿Qué ha pasado? –le preguntó Cristophe desde la puerta del dormitorio.

–¿A qué hora nos podemos ir? –le preguntó Erin mientras metía la ropa en la maleta.

–Nos iremos en cuanto estés preparada, pero me gustaría que me dieras una explicación.

Erin se mordió los labios sin mirarlo a los ojos y siguió haciendo la maleta.

–No puedo... un familiar ha tenido un accidente y tengo que volver a casa urgentemente.

Cristophe suspiró con impaciencia.

–¿Por qué tanto misterio? ¿Por qué no me lo puedes contar?

–Porque ahora no tenemos tiempo –contestó Erin.

En menos de un cuarto de hora, estaban yendo hacia el aeropuerto. Erin estaba rígida a causa de la tensión, silenciosa, encerrada en su angustia por su hija y en la culpabilidad que sentía por haber puesto a su madre en semejante situación. Se lo tenía bien empleado, era un buen castigo por haber engañado a su madre.

Su hija la necesitaba, pero ella no estaba. Menos mal que su vecina, Tamsin, una joven madre, había ido al hospital a recoger a Lorcan para llevárselo a su casa y que, así, Deidre pudiera quedarse con Nuala.

–Tenemos que hablar de esto –exigió Cristophe tomando a Erin de la muñeca mientras cruzaban el vestíbulo del aeropuerto.

–Yo no he venido hasta aquí para hablar –le espetó Erin–. Entiendo que este no era el trato y que te puedas sentir engañado, pero no puedo hacer nada para remediarlo ahora mismo.

–No me refiero a eso –le aclaró Cristophe–. Te voy a llevar a Oxford inmediatamente, pero necesito que me cuentes qué está ocurriendo.

Erin asintió.

–En cuanto estemos en el aire.

Se lo tenía que decir. Parecía sencillo. Erin recordó las llamadas que había realizado, desesperada por contárselo, desesperada por que la apoyara en un mundo hostil. Al enterarse de que estaba embarazada, había sido presa del pánico y no había pensado en lo que le iba a decir ni en cuál iba a ser su reacción. Si se hubiera parado a pensar, sus miedos la habrían podido paralizar, algo que no podía permitirse cuando estaba luchando por sobrevivir.

Ahora era más madura y más sabia, ahora sabía que le tocaba abrir la caja de Pandora y que se iba a armar una buena, pero ¿por qué no? ¿Por qué no contarle a Cristophe que tenía dos hijos? Ya le daba igual cuál fuera su reacción porque ahora tenía un trabajo y una casa y ya no lo necesitaba.

Sentada en la butaca de cuero color crema del avión privado de Cristophe, Erin intentó recuperar la compostura, pero estaba demasiado preocupada por Nuala y por su madre, a la que no se le daba muy bien lidiar con los cambios repentinos y que padecía ataques de pánico. ¿Cómo había podido cargar a su madre con tener que cuidar de los niños el fin de semana cuando ya llevaba toda la semana cuidándolos? Su madre debía de estar cansada y sus hijos no eran especialmente obedientes, una combinación que podía desembocar en un accidente perfectamente.

Cristophe se soltó el cinturón de seguridad, se puso en pie y se quedó mirando a Erin expectante.

–Tengo dos hijos –declaró ella sencillamente–. Son mellizos y tienen dos años y pico, un niño y una niña...

Cristophe se quedó de piedra

–¿Hijos? –repitió atónito–. ¿Cómo es posible que tengas hijos?

Capítulo 7

PUES exactamente igual que cualquier otra mujer –contestó Erin–. Me quedé embarazada y nacieron ocho meses después.

–¿Mellizos?

–Sí, algo prematuros, pero es normal en los embarazos dobles. Mi hija, Nuala, se ha hecho daño en el parque esta mañana, se ha roto un brazo y la tienen que operar. Por eso quiero volver a casa cuanto antes –lo informó Erin.

–¿Se puede saber por qué no me habías dicho que tenías dos hijos? –quiso saber Cristophe.

Erin bajó la mirada hacia el suelo.

–Porque no creía que te interesara.

–Lo que más me interesa es saber quién es el padre de los mellizos –declaró Cristophe–. ¿Son de Morton?

–No –contestó Erin sin vacilar–. Ya habían nacido cuando lo conocí.

–¿Por qué te cuesta tanto hablar de esto? –le preguntó Cristophe con impaciencia.

–Porque se te está escapando la conexión más obvia –le espetó Erin elevando el mentón y mirándolo con frialdad–. ¡Lorcan y Nuala son hijos tuyos y no me vengas ahora con que ya te lo podía haber dicho antes porque intenté ponerme en contacto contigo de mil maneras y nunca lo conseguí!

Cristophe se quedó mirándola con los ojos muy abiertos.

—¿Hijos míos? No digas tonterías. ¿Cómo van a ser míos?

—Te recuerdo que poco antes de dejarme te colaste en mi cama una noche e hicimos el amor sin preservativo. Evidentemente, no estoy segura al cien por cien de que fuera entonces cuando se concibieron los mellizos, pero eso es lo que siempre he creído —le explicó en tono cortante.

Cristophe se había quedado lívido.

—¿Me estás diciendo que te dejé embarazada?

—Que yo recuerde, los únicos que estábamos allí aquella noche éramos tú y yo, por mucho que tú te empeñes en meter al hermano menor de Tom en la historia —contestó Erin—. Eres el padre de mis hijos —declaró poniéndose en pie con determinación—. Puedes hacer pruebas de ADN o lo que quieras. La verdad es que no me importa. Ese aspecto de la situación es completamente nimio para mí.

Cristophe se sirvió una copa y notó que le temblaba la mano.

—Esto es inconcebible —declaró girándose de nuevo hacia Erin.

Al hacerlo, el deseo que habían compartido durante el último beso volvió a apoderarse de él. Aquella mujer, por mucho que quisiera despreciarla por lo que le había hecho, lo atraía de una manera tal que no podía dejar de querer acostarse con ella. Eso lo asumía, pero pensar que la había dejado embarazada era una pesadilla. Sobre todo porque algo parecido había dado al traste con su matrimonio.

Y Erin le acababa de soltar que el hecho de que él fuera el padre de sus hijos le parecía nimio. Cristophe no estaba dispuesto a volver a consentir que una mujer le negara sus derechos parentales.

—Ponme una tónica con limón –le pidió Erin.

Cristophe frunció el ceño, volvió a girarse hacia la barra y le preparó su refresco con movimientos precisos. Luego, se acercó a ella y se lo entregó mientras la estudiaba. Estaba tan sorprendido que sentía como si el tiempo se hubiera parado.

—¿Has dicho que intentaste ponerte en contacto conmigo? –le preguntó.

—Tu secretaria personal me dijo que tenía instrucciones de no pasarte mis llamadas y que estaba perdiendo el tiempo.

—¡Yo nunca le di esas instrucciones! –exclamó Cristophe dejando su copa sobre la barra.

—Pues sería otra persona, pero eso fue lo que me dijo –contestó Erin encogiéndose de hombros y recordando lo humillada que se había sentido al tener que hacer aquellas llamadas repetidamente–. También te escribí un par de cartas.

—Nunca las recibí.

Erin ignoró el comentario.

—Habías cambiado el número de tu teléfono móvil, así que no me quedaba más remedio que intentar contactarte a través del despacho. Al final, incluso llamé a tu familia a Atenas...

—¿Llamaste a mis... padres? –le preguntó Cristophe con incredulidad.

—Sí, y tu madre se negó a darte un mensaje. Me dijo que te ibas a casar y que no querías saber nada de una mujer como yo –contestó haciendo una mueca de dolor al recordar sus palabras.

—Eso no puede ser cierto porque mi madre adoptiva

es una mujer maravillosa. Jamás ofendería a nadie y, menos, a una mujer embarazada.

—Bueno, en realidad no me dio ni tiempo de decirle que estaba embarazada. En cuanto le dije quién era, no quiso escucharme.

—Es imposible que supiera quién eras –declaró Cristophe–. Jamás les hablé de ti a mis padres.

Erin intentó no hacer una mueca de dolor. Se había preguntado muchas veces por ese tema y acababa de obtener su respuesta. Era evidente que su madre sabía que Cristophe mantenía una relación con una mujer de Londres, pero no se lo había contado él. Evidentemente, nunca había sido lo suficientemente importante como para que Cristophe le hablara de ella a su familia.

—Te escribí a tu despacho, pero me devolvieron las cartas sin abrir –continuó–. Entonces, tiré la toalla.

Cristophe se bebió la copa de un trago y negó con la cabeza.

—Por mucho que insistas en que soy el padre de tus hijos, no lo puedo aceptar.

Erin se encogió de hombros y se arrellanó en la butaca. Por lo menos, no le estaba gritando ni llamándola mentirosa... todavía. Lo cierto era que Cristophe parecía vulnerable en aquellos momentos. Él, siempre tan fuerte y preparado para defenderse de los embates de la vida, se había quedado confundido, visiblemente alterado.

—Me parece bien que no lo aceptes. Lo entiendo, pero me alegro de habértelo contado por fin. Cómo te sientas, bien o mal, a mí no me importa.

Cristophe la miró exasperado.

—¿Cómo es posible que no te importe?

—Ya no me importa –insistió Erin–. Cuando me enteré de que estaba embarazada, lo pasé muy mal. Necesitaba tu ayuda y no la tuve, pero ahora, gracias a mi madre, los niños y yo estamos bastante bien, siempre y cuando tengamos sueldo con el que vivir.

Cristophe se quedó en silencio y se sirvió otra copa. Erin lo observó mientras lo hacía y recordó que unas horas antes se lo había querido comer vivo. Inmediatamente, sintió vergüenza de su reacción, pero se dijo que Cristophe era un hombre sofisticado y experto que sacaba aquella parte de sí misma.

Era una tontería castigarse por haber compartido cama con él. Llevaba demasiado tiempo refrenando sus necesidades naturales. Tanto control no era bueno. Además, jamás había deseado a ningún hombre como deseaba a Cristophe, jamás había conocido a un hombre capaz de hacerla pensar en sexo mientras estaban en medio de una escena con connotaciones emocionales tan fuertes como aquella.

—Si todo esto es cierto, ¿por qué no me lo dijiste cuando me volviste a ver? —le preguntó Cristophe.

Erin negó con la cabeza.

—Porque no quería que nadie supiera que habíamos sido novios en el pasado, así que como para decirles que eres el padre de mis hijos.

—No te entiendo. ¿Lo dices porque Morton te habría dejado?

—Deja de meter a Sam en todo. Él no tiene nada que ver con esto —contestó Erin—. Le debo mucho, arriesgó por mí y vivo gracias al trabajo que me dio. En cuanto a las personas que sabían que tú y yo... mantuvimos una relación hace unos años... me habría dado vergüenza.

¿Vergüenza?

Cristophe apretó los dientes.

De ser verdad, de ser el padre de sus mellizos, sabía que le debía miles de libras esterlinas en concepto de manutención. De ser cierto que había intentado ponerse en contacto con él repetidas veces, le debía mucho más.

Cristophe decidió que lo más prudente era no seguir hablando de aquel tema.

—Me voy a quedar contigo en Inglaterra —anunció.

Erin frunció el ceño, desconcertada.

—¿Para qué?

—A lo mejor para ver a esos niños que, según tú, son carne de mi carne.

Erin se quedó helada.

—¿No te lo esperabas? —le preguntó Cristophe.

—No lo había pensado —contestó Erin sinceramente.

—Voy a ir al hospital contigo —insistió Cristophe.

A Erin no le hacía ninguna gracia. No se quería ni imaginar la cara de su madre. Por no hablar de que tendría que explicarle que le había mentido, que no estaba en Escocia, sino en Italia y con él.

—Es lo único que puedo hacer —añadió Cristophe.

Erin estaba perpleja. ¿Lo haría por curiosidad o por responsabilidad? Claro que, por otra parte, era normal que no se fuera a casa tan contento después de haberle dicho que tenía dos hijos.

—No espero que quieras tener nada que ver con los niños —murmuró incómoda.

—Creo que lo que tenemos que ver es qué espero yo de mí mismo —contestó Cristophe con una gravedad que Erin nunca había visto en él.

«Oh, Dios mío, ¿qué he hecho?», se preguntó Erin.

¿Qué esperaba Cristophe de sí mismo como padre? Cualquiera sabía porque su infancia tampoco había sido la más normal.

Llegaron al hospital a las nueve de la noche. Deidre Turner estaba sentada en una silla junto a la cama en la que reposaba Nuala. Al ver a su hija, se puso de pie en un salto a pesar del cansancio.

–¡Erin, gracias a Dios! Menos mal que has llegado, me daba miedo tener que dejar a Lorcan con Tamsin toda la noche –declaró antes de darse cuenta de que su hija no estaba sola.

–Mamá, te presento a Cristophe Donakis –declaró Erin–. Ha insistido en que quería venir conmigo.

Aunque Cristophe estaba acostumbrado a la vida social y era un hombre con aplomo, sintió que las piernas le temblaban mientras se acercaba a la cama en la que dormía una niñita de rizos tan rubios que parecían blancos. Era exactamente igual que Erin, pero con la piel más oscura. Al ver que tenía el brazo escayolado, sintió que se le formaba un nudo en la garganta. Era menuda como una muñeca. Cristophe se quedó observándola mientras la niña abría los ojos y comprobó que los tenía exactamente igual que él.

–Mamá... –dijo Nuala.

–Estoy aquí, hija –contestó Erin sentándose en la cama a su lado y acariciándole el pelo–. ¿Qué tal ha ido la operación, mamá?

–Muy bien –contestó Deidre–. El cirujano estaba encantado y ha dicho que recuperará el movimiento completo del brazo.

–Menos mal –suspiró Erin volviendo su atención de nuevo hacia su hija–. ¿Qué tal estás, cielo?

–Me duele el brazo –declaró la niña fijándose en el hombre que acompañaba a su madre–. ¿Quién eres tú? –le preguntó.

–Soy Cristophe –contestó el aludido algo nervioso.

–Es tu padre –intervino Deidre con una sonrisa de satisfacción.

Erin miró a su madre estupefacta.

–En estos casos, lo mejor es la sinceridad –declaró Deidre con seguridad–. Soy la madre de Erin, Deidre –se presentó a continuación, poniéndose en pie y alargando la mano hacia Cristophe.

–¿Papá? –repitió Nuala–. ¿Eres mi papá?

–Sí, es tu papá –le confirmó Erin–. Mamá, ¿podemos hablar en privado un momento?

En aquel momento, entró una enfermera para ver qué tal estaba la niña y, tras indicarle que le acababa de decir que le dolía el brazo, Erin salió de la habitación con su madre.

–Supongo que te estarás preguntando qué está sucediendo –comenzó nerviosa.

–¿Qué me tengo que preguntar? Es evidente que, al final, le has dicho que es el padre de tus hijos. Ya iba siendo hora –contestó su madre tan tranquila.

Erin tomó aire.

–Te mentí cuando te dije que iba a pasar el fin de semana en Escocia. No estaba allí con Tom y con Melissa. Estaba con Cristophe.

–Y no sabías cómo decírmelo, supongo. ¿Creías que no me iba a parecer bien? Es el padre de tus hijos. Entiendo perfectamente que necesites arreglar esta situación y estoy orgullosa de ti por haber dado el primer paso para hacerlo.

Sorprendida, Erin abrazó a su madre

–Siento mucho haberte mentido. Ahora que ya estoy aquí, vete a casa a descansar...

–Bueno, a descansar... Tengo que pasar a recoger a Lorcan –le recordó su madre–. Estaba preocupado por su hermanita. ¿Vas a pasar la noche aquí o vas a volver a casa luego?

–Lo voy a decidir sobre la marcha, según se vaya encontrando Nuala.

–Muy bien –contestó su madre–. Todo va a ir bien. ¿Sabes que Lorcan se asustó cuando la vio caer y se puso a llorar y ella le dijo que era un bebé? Se han pasado todo el camino hasta aquí peleándose. Bueno, por lo menos eso la ha mantenido entretenida... –le contó mientras Erin la acompañaba al ascensor.

–¿Y qué hacen los padres? –le estaba preguntando Nuala a Cristophe cuando Erin volvió a entrar en la habitación.

–Cuidar de ti.

–A mí me cuidan mi mamá y mi abuela –comentó la niña sin dejarse impresionar.

–Sí, claro, y ahora también me tienes a mí –le aseguró Cristophe.

–¿Me puedes arreglar el brazo? –le preguntó Nuala.

–Papá no se ha traído su varita mágica –dijo Erin.

–¿Papá tiene una varita mágica? –se sorprendió la niña.

–Me temo que no –confesó el aludido.

–No pasa nada –lo disculpó Nuala–. Me duele el brazo.

–La medicina que te ha dado la enfermera no tardará en hacerte efecto –le aseguró Cristophe.

A los pocos minutos, efectivamente, Nuala se había quedado dormida.

–Siento mucho que mi madre haya sido tan directa –comentó Erin algo incómoda.

–Es evidente que ella cree que los mellizos son míos y, si eso es cierto, no me importa que se lo diga –respondió Cristophe con una calma que sorprendió a Erin–. Mentirles a los niños es lo peor que se puede hacer.

Erin se quedó dormida en la silla y se despertó cuando las enfermeras del turno de mañana entraron en la habitación. Se sorprendió al ver que Cristophe también se había quedado, pues había supuesto que se iría a dormir a algunos de sus hoteles. Pero no, se había quedado con ellas, lo que la había impresionado.

Tenía el pelo revuelto, la corbata suelta y los dos primeros botones de la camisa desabrochados. Al abrir los ojos y verlo allí, le pareció más guapo que nunca. Cuando sus ojos se encontraron, Erin sintió que se sonrojaba, que sus pechos se hinchaban de deseo y que el sujetador le molestaba, así que decidió apartar la mirada.

—Por lo visto, la cafetería abre pronto, así que podemos bajar a desayunar cuando Nuala haya desayunado —le dijo Cristophe.

La noche había sido larga y había tenido mucho tiempo para reflexionar. Estaba muy cansado. Había pasado mucho tiempo mirando dormir a Erin y a aquella niña que podía ser su hija. Había observado sus primeros años de vida desde la distancia del adulto que era ahora, había procesado lo que había aprendido de aquellos recuerdos infelices y había visto claro lo que tenía que hacer.

Erin se llevó a Nuala al baño para lavarla. Se sentía rígida por haber pasado la noche en la silla y lenta a la hora de charlar con su hija. Hizo lo que pudo para adecentarse ella también, pero tenía la ropa arrugada y, sin maquillaje, no podía hacer nada por dar luz a su cara pálida y a sus ojos cansados.

—Supongo que querrás pruebas de ADN —le dijo a Cristophe mientras desayunaban, decidiendo que era mejor agarrar al toro por los cuernos—. Y me parece bien.

—De cara a que los mellizos sean mis herederos legales, voy a pedir pruebas de ADN, sí, pero quiero que sepas que esa es la única razón por la que lo voy a hacer —contestó Cristophe con expresión seria.

—¿Eso quiere decir que te fías de mí, que me crees? —le preguntó Erin, sorprendida.

Cristophe asintió en silencio y se terminó el café. Para cuando volvieron a la habitación, el médico ya había hecho la ronda y la enfermera los informó de que se podían llevar a Nuala a casa en cuanto quisieran.

Lorcan, a quien su abuela ya le había contado que iba a conocer a su padre, estaba nervioso y emocionado. En cuanto Cristophe entró en la casa, no pudo parar quieto. Quería estar cerca de Cristophe y lo observaba sin parar. Para poder mirarlo mejor, se subió a un taburete, pero no le debió de parecer suficiente y se subió a la mesa.

—Bájate de ahí, Lorcan —le dijo su madre recogiendo las revistas que el niño había hecho caer al suelo—. Ahora mismo...

Cuando Cristophe vio al niño, se quedó como si le hubieran dado un golpe en la boca del estómago porque era exactamente igual que él en las fotografías que le habían enseñado de cuando era pequeño. Los mismos rizos oscuros y los mismos ojos brillantes.

Entonces, comprendió sin ningún género de dudas que era padre.

—Voy a contar hasta cinco, Lorcan —le advirtió Erin—. Una... dos...

Lorcan hizo el pino y sonrió encantado a Cristophe boca abajo.

—¿Papá sabe hacer esto? —le preguntó expectante.

—¡No lo hagas! —exclamó Erin mientras Cristophe se lanzaba hacia delante.

Afortunadamente, no lo había hecho para hacer el pino, sino para ayudar a Lorcan a bajarse de la mesa.

—Hola, Lorcan —lo saludó—. Por favor, cálmate.

Por desgracia, Lorcan no estaba dispuesto a calmarse. En cuanto tocó suelo, comenzó a subirse a todos los muebles del salón que podía mientras gritaba a Cristophe que mirara lo que sabía hacer. A Erin le dieron ganas de ponerse a gritar cuando Nuala se separó de ella e intentó unirse a la jarana.

–Enséñale a Lorcan el brazo –le dijo Cristophe a la niña.

Nuala le enseñó la escayola a su hermano.

–Me duele –le contó.

Lorcan se acercó.

–Hay que tener mucho cuidado con el brazo de tu hermana porque le duele –explicó Erin colocándose en cuclillas a su lado.

–Yo también quiero una –declaró Lorcan con cierta envidia.

–¿Por qué no los lleváis al parque un rato para que se desfoguen un poco? –le sugirió Deidre a Cristophe, que estaba recogiendo los cojines del sofá que habían caído al suelo–. Deja eso, que ya lo hago yo en cinco minutos.

–Sí, buena idea, vamos al parque –contestó Erin reprimiendo un bostezo–. Me voy a cambiar de ropa.

Una vez en su habitación, Erin se dijo que no se lo podía creer. Cristophe estaba en su casa. Aquello era como un sueño. Aquello era una locura. Los niños se estaban comportando como animales salvajes. ¿Qué pensaría de ellos? ¿Qué estaría sintiendo?

Erin se dijo que lo más normal era que le produjera curiosidad conocer a sus hijos, pero que no debía de ser nada más. Estaban en primavera y hacía fresco, así que se puso unos vaqueros, botas altas y un jersey de lana azul. Se cepilló el pelo, se lo dejó suelto y se puso un poco de colorete y de máscara para pestañas antes de sentirse presentable.

¿Presentable para quién? ¿Para Cristophe? Erin se avergonzó de sí misma. ¡Qué predecible era! ¿Por qué le preocupaba lo que Cristophe pudiera pensar de ella? El mes anterior lo había visto en una revista acompañado por una modelo de pelo rubio como la paja y curvas de miss Universo. Cristophe estaba especializado en mujeres impresionantes, mujeres guapas que podían parar el tráfico. Su exmujer, Lisandra, era buen ejemplo de ello. Erin nunca se había sentido tan guapa y a menudo se había preguntado si la habría dejado por eso.

Ahora sabía a ciencia cierta por qué la había dejado: porque creía que era una fresca que lo había engañado con otro.

Tal vez, hubiera sido mejor no saberlo nunca.

Caminaron hacia el parque, pues Cristophe había mandado a su conductor a comprar sillas de coche para los niños. Lorcan avanzaba con grandes zancadas, concentrado en andar solamente por las líneas que había entre las baldosas mientras que Nuala iba arrancando hojas de todos los arbustos de los jardines por los que pasaban.

–¡Para! –le indicó Cristophe.

Sin pensarlo dos veces, la niña se tiró al suelo y se puso a patalear y a llorar.

–No le tendrías que haber dicho nada –le indicó Erin–. Está cansada, enfadada y le duele el brazo. No estaba de buen humor.

–Eso no es excusa para permitirle que destroce los jardines de la gente –contestó Cristophe agachándose para tomar a la niña en brazos.

Nuala se puso en pie lentamente, pegándole puñetazos en el pecho y gritando a pleno pulmón.

–No –insistió Cristophe apartándose para que no le diera en la cara.

–¡Sí! –gritó la niña.

Erin vio que la gente los miraba.

–Quiero ir al tobogán –reclamó Lorcan–. Quiero ir a los columpios.

–Así que esto es ser padre –comentó Cristophe con un brillo especial en los ojos, como si estuviera disfrutando del desafío.

–A veces, son muy movidos, pero... no siempre –contestó Erin caminando hacia el parque, donde había más niños y más barullo y sus hijos pasarían desapercibidos.

–Bájame –demandó Nuala a Cristophe.

–Por favor –le dijo él.

–¡No! –protestó la pequeña.

–Entonces, te llevaré en brazos como a un bebé.

Nuala se puso a chillar y a llorar de nuevo.

–¡Nuala es un bebé! –cantaba Lorcan riéndose.

–Por favor –pidió la niña.

Cristophe la dejó en el suelo.

–¡Te odio! –le espetó Nuala furiosa–. ¡No quiero tener papá! –declaró soltándose de su mano y agarrándose a la de Erin.

–No le hagas caso –le aconsejó Erin al ver que Cristophe iba a contestar–. Por favor.

Una vez sentados en su banco habitual que, gracias a Dios, estaba vacío, Erin le explicó ciertas cosas.

–La mejor manera de tratar con ellos, a veces, es no hacerles demasiado caso porque, si pretendes disciplinarlos demasiado, se monta un follón.

–Gracias por los consejos porque los voy a necesitar –contestó Cristophe sinceramente–. Creo que yo era de los que montaba follones. Por lo que me ha contado mi madre adoptiva, era un niño difícil.

–No me digas, nunca me lo hubiera imaginado –se rio Erin observando cómo el viento jugueteaba con los rizos del pelo de Cristophe, tan parecidos a los de su hijo.

Cuando sus ojos se encontraron, sintió que el corazón se le aceleraba y supo que jamás conseguiría liberarse por completo de Cristophe Donakis. No solamente porque tuviera dos hijos con él, sino porque le gustaba su carácter, su fuerza y su tenacidad y el hecho de que pudiera estar sentado en un parque no muy bien cuidado llevando gemelos de oro y un traje hecho a medida.

Aunque era increíblemente arrogante, también era increíblemente adaptable, tenía recursos y estaba dispuesto a aprender de sus errores.

–Debería hablarte de mi matrimonio –comentó.

–Nunca me has hablado de tu exmujer –contestó Erin, desconcertada por el repentino cambio de tema y sorprendida porque no era propio de Cristophe ofrecerse a hablar de temas íntimos.

–¿Por qué iba a hablar de ella? Solo estuvimos casados cinco minutos y ahora estamos divorciados –confesó Cristophe.

–¿Seguís siendo amigos?

–No somos enemigos –contestó Cristophe tras pensarlo un poco–, pero nos movemos en círculos sociales diferentes y no solemos vernos.

–¿Os precipitasteis? ¿La conocías bien antes de casarte con ella? –quiso saber Erin.

–Creía que sí y, además, creía que había llegado el momento de casarme. Mis padres adoptivos llevaban un par de años insistiéndome para que lo hiciera y, como era la única cosa que me habían pedido en la vida, decidí darles el gusto –admitió–. Conocí a Lisandra en una cena en casa de mis padres. La había visto otras veces, pero no la conocía. Tuve la sensación de que los dos estábamos en el mismo punto de la vida, aburridos de estar solteros. Nos casamos tres meses después.

–¿Y qué fue mal? –preguntó Erin.

–Un año después de casarnos, ella decidió que quería tener un hijo. A mí me pareció bien, me parecía el paso natural –contestó Cristophe–. Cuando se quedó embarazada, se puso tan contenta que dio una fiesta para celebrarlo. Tanto su familia como la mía estaban encantadas con la llegada de un nieto.

–¿Y tú? ¿Cómo te lo tomaste tú?

–Yo estaba contento, me alegraba de que ella estuviera contenta y también estaba agradecido de que tuviera algo nuevo con lo que entretenerse porque se aburría con facilidad –admitió Cristophe–. Cuando estaba de dos meses, comenzó a arrepentirse.

–¿Arrepentirse de qué? –preguntó Erin frunciendo el ceño.

–Decidió que no estaba preparada para tener un hijo, que era demasiado joven para tanta responsabilidad y temió verse atrapada, así decidió que la única solución era abortar

–Oh, Cristophe... –exclamó Erin.

–Intenté convencerla de que no lo hiciera, le dije que podíamos contratar personal doméstico para que no se sintiera atada al niño, pero no conseguí nada –confesó Cristophe apesadumbrado–. Una de las veces que me fui de viaje de negocios, abortó. Fue espantoso. Tuvimos que decírselo a nuestras familias. A mi madre, que nunca había podido tener hijos biológicos, le dio una crisis nerviosa. A sus padres no les gustó tampoco la decisión de su hija, pero la apoyaron porque son incapaces, siempre lo han sido, de decirle a algo que no.

–¿Y tú? –quiso saber Erin, sintiéndose culpable por

no haber sospechado que detrás del divorcio de Cristophe podía esconderse una historia tan triste.

–Yo no supe cómo manejar la situación –confesó encogiéndose de hombros–. No sé qué habríamos hecho si el niño hubiera nacido y su madre no lo hubiera querido, pero no pude perdonarle que abortara. Lo intenté, ella lo intentó, los dos lo intentamos, pero fue imposible, era como una barrera entre nosotros. Yo la hacía sentirse culpable a ella y ella me hacía sentir enfadado a mí. Empecé a ver en ella cosas que no me gustaban y comprendí que no iba a cambiar, así que pedí el divorcio.

–Lo siento mucho, Cristophe... de verdad, lo siento mucho –murmuró Erin con un nudo en la garganta mientras le ponía la mano en el brazo en un gesto de cariño–. Debió de ser una experiencia terrible.

–Te lo he contado para que comprendas por qué no quiero alejarme de Lorcan y de Nuala. Si eso es lo que tú quieres, siento decirte que no va a suceder.

Erin palideció y se preguntó qué era lo que le estaba diciendo exactamente. Le dio miedo pensar en su próximo movimiento.

Capítulo 8

CRISTOPHE no estaba acostumbrado a sentirse impotente, pero así fue exactamente como se sintió después de haber consultado al mejor abogado de Londres.

El abogado le había explicado que, según la ley inglesa, un padre que no está casado con la madre de sus hijos no tenía prácticamente ningún derecho sobre los niños. Además, no podía inmiscuirse en cómo decidiera la madre educar a los niños pues, como él no había estado a su lado para ayudarla económicamente y ella ya había provisto un hogar y dinero para hacerse cargo de ellos y tenían todas las necesidades cubiertas, él tenía poco que decir.

—Lo único que puedes hacer, el único remedio, es casarte con ella —le había aconsejado.

Cristophe no se sentía a gusto porque no tenía el control de la situación. Los resultados de las pruebas de ADN no habían hecho sino confirmar lo que ya todos sabían, que era el padre de Lorcan y de Nuala.

Sí, tenía dos hijos, eran carne de su carne y sangre de su sangre y no quería ignorarlos, no podía seguir adelante con su vida sin ellos.

Aunque admitía que Erin había hecho todo lo que había estado en su mano, y lo había hecho muy bien, también sabía que los niños iban a necesitar límites más firmes en breve.

¿Y qué hacer con Erin, la mujer que le había robado? Por primera vez en su vida, Cristophe se admitió a sí mismo que toda aquella historia no cuadraba. Si Erin hubiera sido una caradura, ¿por qué no se aprovechó de su generosidad económica cuando era su novia? ¿Por qué demonios una mujer que ansía dinero no acepta diamantes?

Aquello no tenía ningún sentido.

Cristophe decidió volver a repasar las irregularidades que se habían encontrado en las cuentas del spa Mobila mientras Erin se había hecho cargo de él. Pero, antes de que la prensa se hiciera eco de toda aquella historia, lo que sucedería tarde o temprano, tenía que encontrar una solución decente para Erin y para él y para lo que pudieran necesitar sus hijos en el futuro.

Al darse cuenta de la dirección que estaban tomando sus pensamientos, se enfadó.

El mismo día, Erin estaba resolviendo un asunto personal difícil con Sam. La venta ya se había realizado, pero seguía yendo por allí para echar una mano y que el traspaso fuera sencillo, sobre todo para sus empleados.

–¿Cristophe Donakis es el padre de sus hijos? –le preguntó atónito.

–Quería contártelo. Mi madre se lo está diciendo a todo el mundo y yo quería que tú te enteraras por mí –admitió Erin.

–Pero ninguno de los dos me dijisteis que os conocierais.

–No nos habíamos vuelto a ver desde que habíamos roto la relación y yo quiero mantener mi vida privada en un segundo plano.

–¿Incluso de mí? –le preguntó Sam Morton visiblemente herido.

–Cuando entré en tu despacho y me encontré con él allí, fue tal la sorpresa que no pude pensar con claridad –se disculpó Erin–. Lo siento. Te lo tendría que haber contado después, pero todo era muy raro.

–No, tienes razón. Tu vida privada es tuya. Entonces, ¿la persona para la que trabajabas en Londres era Cristophe?

Erin asintió.

–Dejé el trabajo cuando nuestra relación terminó.

–Debería haberme dado cuenta al ver tu currículum. Pero Cristophe te dejó cuando estabas embarazada –comentó Sam.

–Hubo un malentendido –contestó Erin–. Cristophe no sabía que yo estaba embarazada y no volvió a haber comunicación entre nosotros.

–Pero intentaste comunicarte con él por todos los medios –le recordó Sam.

–Bueno, déjalo estar, Sam.

–Eso quiere decir que le has perdonado por hacerte pasar un infierno –se indignó su antiguo jefe.

–No es eso. Cristophe sabe ahora que tiene dos hijos y estamos intentando manejar la situación lo mejor que podemos.

–¿Estás con él de nuevo? Perdón, no tendría que haberte preguntado eso. No es asunto mío.

–No sé cómo contestar a esa pregunta –admitió Erin–. Es complicado.

–Espero que estés haciendo lo correcto. No me gustaría volver a verte sufrir –declaró Sam sinceramente–. Le diste una oportunidad en su día. ¿Por qué se iba a merecer otra?

Diez minutos después, mientras miraba sus correos electrónicos, Erin se dijo que era cierto, que le estaba dando otra oportunidad.

A ojos de su madre, Cristophe había pasado de ser el ligón menos de fiar de toda Europa a su favorito de todos los favoritos. ¡En diez días! Las visitas de Cristophe, su interés por los mellizos, sus buenas maneras, su habilidad para admitir que la abuela tenía muchos más conocimientos infantiles que él, y su insistencia para que fuera con ellos cuando salían a comer había producido aquel efecto.

A Erin, sin embargo el nuevo orden de cosas se le estaba haciendo complicado de aceptar y le estaba costando adaptarse a él.

Cristophe y ella no se habían vuelto a acostar. De hecho, no sabía si el fin de semana que habían pasado en Italia había sido producto de su imaginación. Ahora, Cristophe iba a su casa para ver a Lorcan y a Nuala y se quedaba a dormir en uno de sus hoteles. Se comportaba de manera muy prudente y, en lo más profundo de sí misma, aquello molestaba a Erin. Recordaba a otro Cristophe, echaba de menos a aquel hombre que solía entrar por la puerta tras un viaje para abrazarla y que no se avergonzaba en demostrarle la pasión abiertamente, que no elegía sus palabras, que no se escondía por prudencia.

El Cristophe de ahora, el nuevo Cristophe, era mucho más frío. Era educado, incluso considerado, pero todavía más reservado en sus asuntos personales. Erin recordó lo que Cristophe le había contado. El aborto al que se había sometido voluntariamente su exmujer le había hecho mucho daño y, probablemente, le habría hecho pensar en lo que ser padre podía significar. Erin estaba viendo los resultados ahora ya que Cristophe estaba más que dispuesto a hacer lo que hiciera falta para ayudarla con los niños.

Cuando iba de visita, jugaba con ellos. Los sacaba

por ahí e incluso había ayudado a bañarlos una noche. Estaba demostrando que podía ser útil, que podía ser un padre que ayudara y los niños se estaban acostumbrando ya a su presencia. Erin estaba impresionada, pero también un poco preocupada porque no sabía hacia dónde los estaba llevando todo aquello.

¿Qué querría realmente Cristophe de ella? ¿Querría simplemente que aceptara su papel de padre? ¿Así de sencillo? ¿Sería posible que, por primera vez en su vida, Cristophe estuviera siendo completamente sincero o tendría un plan diabólico escondido?

Cristophe Donakis jamás bailaba según la música de los demás. Él siempre tenía muy claro lo que quería. Por desgracia, Erin no lo sabía, no tenía ni idea de cuáles eran sus disposiciones para ella y para los niños.

Además, había otro asunto que la tenía muy preocupada y era que Cristophe siguiera dudando de su honestidad. Había llegado el momento de hablar con Sally Jennings. Tenía que demostrar que ella no había robado nada. Erin decidió que lo más inteligente por su parte sería presentarse en el spa de Londres sin previo aviso, así que decidió pedir un día libre e ir a hablar con ella. No sabía si le iba a servir de algo, pero era lo único que se le ocurrió hacer.

Al día siguiente, a las seis de la mañana, sonó el teléfono que tenía sobre la mesilla al lado de su cama.

–¿Diga?

Era Cristophe.

–¿Erin?

–¿Por qué me despiertas tan pronto?

–Me acaba de llamar un periodista que es amigo mío. Por lo visto, la prensa está empezando a interesarse por ti, por mí y por los niños. La publicación de la que me ha hablado es bastante cutre y no creo que el artículo contenga nada que tu familia ni la mía vayan a querer leer.

Erin se quedó de piedra.

–¿Pero por qué iban a querer publicar nada sobre nosotros?

–Erin... –suspiró Cristophe–. Soy un hombre muy rico que se ha divorciado hace poco...

En aquel momento, Lorcan entró en la habitación de su madre y se metió en la cama con ella. Su hermana llegó unos segundos después.

–Si eso es cierto, si lo van a publicar, no podemos hacer nada.

–Sí, sí podemos hacer algo. Puedo sacaros a los niños y a ti de esa casa para que los periodistas no puedan haceros la vida imposible. Luego, puedo organizar una rueda de prensa para explicar que soy el padre de las criaturas. Una vez hecho eso, la prensa perderá interés.

Erin tomó aire profundamente. No le hacía ninguna gracia la idea de tener a los periodistas en la puerta de su casa, pero le parecía que Cristophe se estaba tomando las cosas demasiado en serio.

–Cristophe, yo tengo que trabajar. No puedo desaparecer.

–Sí puedes. Ahora, trabajas para mí –le recordó–. Haz las maletas. Yo me encargo de lo demás. Pasará un coche a recogeros para llevarnos al aeropuerto.

–Todavía no te he dicho que sí.

–Voy a hacer todo lo que pueda para protegeros a los niños y a ti de esa publicidad –le aseguró Cristophe con cierta exasperación–. No quiero que publiquen nada sobre nosotros.

–Fuimos novios y me quedé embarazada, no es para tanto...

–Podrían decir que fuiste la amante de un hombre casado y no quiero que eso suceda.

Erin sintió que la rabia se apoderaba de ella, pues aquella etiqueta tampoco le gustaba.

–Está bien. ¿Dónde tienes pensado mandarnos en caso de que te diga que sí, que todavía no te lo he dicho?

–A Grecia... a mi isla.

Erin puso los ojos en blanco.

–¿Tienes una isla privada?

–La heredé de mi padre al cumplir los veintiún años.

–No me lo habías dicho –remarcó Erin preguntándose qué más cosas no sabría sobre él–. Mira, puedo considerar la posibilidad de viajar a Grecia durante unos días si a ti te parece realmente necesario...

–Me lo parece.

–Pero, antes de irme, quiero hablar con Sally Jennings. Sigue trabajando para ti, ¿verdad?

Cristophe se quedó en silencio unos segundos.

–Sí. Ahora es la directora del spa. ¿Por qué?

–Y seguro que es muy eficiente. Ya lo era cuando trabajaba para mí –contestó Erin–. Me voy a pasar por allí de camino al aeropuerto. No quiero que sepa que voy a ir a verla. Dejaré a los niños contigo, en tu despacho.

–No es necesario. Podemos quedar en el vestíbulo del hotel, pero no sé si es buena idea, Erin. Muy poca gente sabe lo de aquel robo, fuimos muy discretos. No sé si va a ser muy inteligente remover ahora aquello, después de tanto tiempo.

–Es el precio que tendrás que pagar si quieres que vaya a Grecia –le espetó Erin–. Si no veo a Sally en Londres antes de irme, no voy.

–Eso se llama...

–¿Chantaje? –concluyó Erin con sarcasmo–. ¿Adivinas quién me enseñó a utilizarlo?

–Si te facilito esa reunión en el spa, ¿vendrás a Grecia conmigo?

–Por supuesto. Siempre cumplo mis promesas –contestó Erin.

Cuando colgó el teléfono un minuto después, se sentía revitalizada. Mientras vestía a los mellizos, se dijo que ya iba siendo hora de que tomara las riendas de vez en cuando. Cristophe se volvía inaguantable cuando se salía siempre con la suya.

Por otra parte, se sentía conmovida de que quisiera ayudarlos tanto, de que estuviera dispuesto a llegar tan lejos para evitarles las molestias del interés de la prensa.

Claro que, a veces, Cristophe podía resultar de lo más ingenuo. ¿De verdad creía que no iba a ser capaz de vérselas con unos cuantos periodistas en la puerta de su casa o de aguantar un artículo desagradable en el que hablarían de ella como si fuera más distante y perversa de lo que era en realidad? No era tan vulnerable. La vida le había enseñado a defenderse.

Claro que viajar con Cristophe a su isla privada le producía curiosidad. No era para menos, pues, por fin, la iba a llevar a su hogar.

Su madre se levantó mientras los mellizos estaban desayunando y, cuando se enteró de que su hija tenía que salir de viaje en menos de una hora, la urgió para que fuera a hacer el equipaje. Antes de hacerlo, Erin llamó al trabajo y pidió una semana de vacaciones.

–¿Conocerás a los padres de Cristophe? –le preguntó su madre esperanzada.

Erin hizo una mueca de disgusto, pues no tenían ninguna prisa por conocer a Appollonia Denes, la mujer que le había colgado el teléfono tras dejarle muy claro que no la tenía por la mejor candidata para hacer feliz a aquel niño que ella había criado.

Cristophe era hijo de dos jóvenes griegos de familias muy acaudaladas. Vasos y Appollonia se hicieron cargo de él cuando sus padres murieron en un accidente de barco porque Vasos trabajaba en las empresas Donakis y era el padrino de Cristophe. Además, no habían podido tener hijos propios.

Erin esperaba no conocerlos porque las cosas iban a ser lo suficientemente difíciles sin tener que vérselas con gente que no la apreciaba. Seguro que para ellos el hecho de que Cristophe tuviera dos hijos con ella era fuente de vergüenza y descontento.

Los mellizos se quedaron dormidos en la limusina, en el trayecto hacia Londres, y se despertaron con energías renovadas para entrar en el hotel Mobila. Al entrar en el opulento vestíbulo, ataviada con un vestido gris de raya diplomática, Erin sintió cierta aprensión.

–¡Papá! –gritó Lorcan soltándose de la mano de su madre.

–¡Cristophe! –exclamó su hermana que no llamaba a Cristophe «papá» a pesar de que él se lo había pedido.

Erin se quedó mirando a Cristophe, a cuyo lado estaba el nuevo director del hotel, y se dijo que saludar en público de sus hijos secretos no le debía de estar haciendo ninguna gracia, pero Cristophe sonreía con aquella sonrisa suya tan maravillosa, una sonrisa que Erin había casi olvidado.

Aquella transformación la dejó sin aliento. Cristophe tomó al niño en brazos y le tendió la mano a su hermana, que se había agarrado a la pernera del pantalón.

Mientras miraba al guapísimo padre de sus hijos, Erin sintió que los pezones se le endurecían y que un calor abrasador recorría su cuerpo. Todas sus hormonas estaban revolucionadas.

–Señorita Turner –la saludó el director del hotel estrechándole la mano–. Que niños tan guapos.

–Erin, le he pedido a Jenny que se quede con Lorcan y con Nuala en la guardería mientras nosotros visitamos el spa –le explicó Cristophe mientras una mujer se acercaba a Nuala.

–Así que, al final, la abristeis –contestó Erin, que había sido quien había dado la idea en un principio.

–A nuestros clientes les encanta porque muchos tienen niños pequeños –contestó el director con entusiasmo.

–Y económicamente va muy bien –añadió Cristophe tomando a Erin de la cintura para guiarla hacia el spa.

Erin comprobó consternada que tenía intención de acompañarla. Los niños estaban encantados jugando con unas trompetas de juguete que la joven Jenny les había dado, así que Erin decidió que había llegado el momento de enfrentarse a la verdad.

–¿Estás segura de que quieres hablar con Sally? –le preguntó Cristophe–. A mí no me parece una buena idea. ¿Qué vas a conseguir?

–Es la única persona que sabe lo que pasó de verdad, así que no tengo opción –contestó Erin algo nerviosa.

–No lo hagas por mí, *koukla mou* –le dijo Cristophe mirándola a los ojos–. Ya no me importa. Es agua pasada. Eras joven, cometiste un error y seguro que aprendiste de ello...

–¡No intentes manipularme... sapo! –exclamó Erin.

–¿Sapo? –se rio Cristophe.

–Te hubiera podido llamar algo peor si no estuviera acostumbrada a no decir palabrotas delante de los niños –contestó Erin llamando a la puerta del despacho de Sally Jennings.

Sally, una mujer pelirroja de mediana edad, estaba hablando por teléfono cuando entraron. Al ver a Erin, se le fue la luz del rostro.

–Erin, madre mía –la saludó atónita cortando la comunicación a toda prisa–. Y el señor Donakis...

–Quiero que todo lo que se va a hablar en esta habitación, no salga de aquí –contestó Cristophe.

Sally lo miró horrorizada, pero consiguió sonreír.

–Por supuesto, señor Donakis. Siéntese y dígame en qué le puedo ayudar.

Erin estaba tan nerviosa que le temblaban las piernas mientras se sentaba.

–Supongo que sabrás que la auditoría que se realizó hace dos años y medio sacó a la luz ciertas anomalías en las cuentas del spa...

Aunque no parecía posible, Sally se quedó todavía más lívida.

–El señor Donakis me pidió máxima confidencialidad en este asunto.

–Sally –murmuró Erin preguntándose en qué momento de turbación mental había decidido mantener aquella conversación, pues era evidente que Sally no iba a admitir jamás nada estando Cristophe delante–. ¿Podrías dejarnos solas, Cristophe?

–No, primero quiero que sepáis que he decidido que las cuentas se van a volver a revisar.

–Pero, señor Donakis, me dijo que ese asunto estaba cerrado y que estaba usted satisfecho con el resultado –objetó Sally.

–Me temo que no es así –contestó Cristophe–. Teniendo en cuenta que usted fue de mucha ayuda en la investigación previa, he creído que sería buena idea advertirla que los expertos van a volver a mirar los libros.

Sally se estaba poniendo de un color muy raro y los miraba de hito en hito.

–Estáis juntos de nuevo, ¿verdad? –les preguntó de repente–. Y se lo has contado, ¿no? –añadió mirando casi acusadoramente a Erin.

–¿Contarme qué? –quiso saber Cristophe.

Al darse cuenta de que Cristophe estaba presionando a Sally para que confesara, Erin echó los hombros hacia atrás. No le gustaba que intercediera por ella, pues estaba acostumbrada a librar sus propias batallas.

Sally no contestó, como si esperara que lo hiciera Erin por ella.

–Mientras trabajaba aquí, descubrí que Sally se llevaba productos del spa y los vendía en Internet –contestó Erin girándose hacia la que había sido su ayudante–. Sé que te prometí que jamás lo diría, pero ahora no me ha quedado más remedio.

–¿Robabas? –le preguntó Cristophe.

A Sally se le llenaron los ojos de lágrimas.

–Todo lo que digas permanecerá entre nosotros, te aseguro que no te voy a denunciar ni ahora ni en el futuro –le aseguró Cristophe poniéndose en pie–. Es una pena que no fueras sincera conmigo durante la primera investigación, pero espero que ahora lo seas por el bien de Erin.

–¿No me va a llevar a juicio? –preguntó Sally.

–No, claro que no. Lo único que quiero es la verdad –contestó Cristophe.

–Un día, un hombre vino a verme a la hora de comer, poco antes de que Erin se fuera –les contó Sally–. Me dijo que era un detective privado y que me pagaría bien si le daba información que pudiera dañar la reputación de Erin.

–¿Cómo? –exclamó Cristophe impactado.

–Se llamaba Will Grimes y trabajaba para una agencia que está en Camden. Eso es lo único que sé sobre él. Al principio, le dije que no. ¡Para empezar porque no había ninguna información que pudiera dañar a Erin porque lo único que hacía ella era trabajar! –le aseguró Sally–. Luego, cuando presentaste tu dimisión, comprendí que aquello me podría ayudar a salir del problema por el que atravesaba.

–Will Grimes –estaba repitiendo Cristophe.

–Lo estaba pasando fatal económicamente, mucho peor de lo que te conté cuando me pillaste llevándome los productos de la tienda –le explicó Sally a Erin–. Me había inventado un par de cosas más para llevarme algo de dinero.

–¿Los pagos a terapeutas que no existían y las facturas amañadas? –le preguntó Cristophe.

–Sí. Cuando empezó la auditoría, sentí pánico –confesó Sally–. Para entonces, Erin ya se había ido.

–Y decidiste que me podías culpar a mí –aventuró Erin preguntándose qué interés tendría aquel detective en ella.

–Yo no quería seguir robando –les aseguró Sally–. Sabía que estaba haciendo algo terrible, pero necesitaba el dinero desesperadamente. Cuando conseguí que todo el mundo creyera que la culpable eras tú, me quedé tranquila y pude volver a mi vida normal sin perder mi trabajo. ¡Sabía que nunca irías a prisión porque el señor Donakis no iba a denunciar a su propia novia!

–En eso, tienes razón –contestó Cristophe.

–¿Me va a denunciar a mí? –quiso saber Sally.

–No, te he dado mi palabra de que no lo iba a hacer. De hecho, te doy las gracias por contarme, por fin, lo que pasó en realidad –respondió Cristophe.

–Recogeré mis cosas inmediatamente... –anunció Sally aliviada.

–No, quiero que sigas trabajando aquí –le aseguró Cristophe colocándole la mano en el hombro para que se calmara.

–Erin, lo siento –declaró la mujer–. Tú siempre te portaste bien conmigo y yo te lo pagué muy mal.

Erin asintió e intentó sonreír, pero no le fue fácil, pues apreciaba realmente a Sally cuando trabajaban juntas y aquello había sido un mazazo para ella.

–¿Te pagó el detective privado lo que te prometió? ¿Le entregaste las supuestas pruebas contra Erin? –quiso saber Cristophe.

Sally asintió avergonzada.

–Gracias a ese dinero, pude pagar mis deudas y empezar de nuevo.

Erin apretó los dientes, disgustada por el egoísmo de aquella mujer.

Cristophe se sentía como si las paredes de su coraza lo estuvieran ahogando. Era increíble, pero la sospecha de Erin de que alguien tramaba algo contra ella era cierta. Y él se había equivocado. Se había equivocado al juzgarla y quería saber quién había contratado a un detective privado para desacreditar a Erin ante sus ojos.

Capítulo 9

ERIN probó la comida sin mucho entusiasmo a pesar de que estaba perfectamente cocinada. Seguía enfadada con Sally y disgustada por lo que había hecho, arruinar su reputación.

¿Cuántas otras personas habrían asumido erróneamente que era una ladrona que se había ido de rositas por ser la novia del propietario?

Erin siempre había trabajado duro y había sido escrupulosamente honesta con sus responsabilidades, así que estaba profundamente resentida por lo que Sally había hecho, por la fama que le había puesto para salvarse ella misma.

—Tenemos que hablar —declaró Cristophe.

—Creo que es la primera vez que te oigo decir algo así —contestó Erin sinceramente.

En el pasado, siempre que había dicho algo así, él salía por la puerta, reacción típica de un hombre que se siente acorralado ante una conversación seria.

Oía a los niños hablar y jugar en la cabina de al lado. Estaban con Jenny, a la que Cristophe había contratado para que fuera la niñera de sus hijos en Grecia.

—Me parece innecesario y extravagante —había criticado Erin al enterarse, en el aeropuerto.

—Tú no puedes cuidarlos las veinticuatro horas del día los siete días de la semana —le había informado Cristophe en tono autoritario.

–¿Por qué no?

–Porque necesitas descansar, como todo el mundo –había contestado Cristophe en tono arrogante.

–Si crees que contratar a una niñera es la mejor manera de ser un padre responsable, será mejor que te lo vayas pensando mejor –le había espetado Erin, molesta porque había tomado la decisión sin consultarle primero.

Sí, era el padre de sus mellizos, pero eso no significaba que Erin tuviera que aceptar sus interferencias en asuntos en los que no estaba cualificado para opinar. Erin no creía que necesitara descansar más que cualquier otra madre trabajadora, pero lo cierto era que imaginar que podía relajarse durante una hora de vez en cuando y pensar en sí misma le parecía una maravilla y aquello la hacía sentirse culpable.

–Así que quieres hablar, ¿eh? –le preguntó volviendo al presente y mirándolo con frialdad–. Te voy a ser completamente franca: la única manera de que te perdonara sería que te arrastraras desnudo sobre cristales rotos.

Cristophe sonrió divertido.

–No creo que vayas a ver eso jamás –admitió.

–Entonces, ¿dónde está la disculpa? –le preguntó Erin en tono airado–. ¡Estás tardando demasiado!

–Estaba buscando las palabras adecuadas.

–¡Pues mira en el diccionario!

Cristophe se puso en pie.

–Estoy realmente apesadumbrado y te pido perdón por haber sospechado que me habías robado, *koukla mou* –se disculpó Cristophe.

–¡No lo sospechaste, estabas completamente seguro!

–Mi equipo de seguridad está en estos momentos investigando a ese tal Will Grimes –le explicó Cristophe–. No entiendo por qué ese detective privado tenía tanto interés en ti.

Cristophe había estado pensando sobre el tema y lo único que se le ocurría era que alguien lo hubiera contratado para hacer daño a Erin, pero ¿quién habría gastado tiempo y dinero en eso y por qué? Erin nunca había sido su esposa, ni siquiera habían estado prometidos. ¿Quién podría haber querido hacerle daño y, de paso, también a él?

–Parece ser que yo tenía razón, que no soy ninguna paranoica –remarcó Erin–. También estoy esperando a que me pidas perdón por eso.

Cristophe apretó los dientes.

–Y puedes seguir esperando sentada porque te estás pasando. Yo también voy a ser muy directo contigo: ¡te mereces la acusación de ladrona porque te la buscaste tú solita!

Erin se quedó mirándolo estupefacta.

–¿De dónde te sacas eso? –le preguntó poniéndose en pie también.

–Yo estaba completamente convencido de que Sally Jennings era una trabajadora ejemplar que no tenía absolutamente ningún motivo para mentir. Si hubiera sabido que la habías pillado robando, habría investigado sus actividades –le explicó Cristophe.

Erin dio un respingo.

–Sally se había divorciado y tenía dos hijos autistas. En aquel entonces, me pareció que lo mejor era la compasión y no el castigo.

–¿Compasión? –protestó Cristophe–. ¡De haber sabido entonces que la habías descubierto y no habías dicho nada, te habría despedido por incompetente!

–¿Incompetente? –repitió Erin furiosa.

–Sí, incompetente –insistió Cristophe–. ¿Qué otra cosa se puede decir de una directora que permite que una empleada que está robando siga en su puesto de trabajo y no le dice nada al dueño de la empresa?

–Manejé la situación lo mejor que pude en aquellos momentos. Ahora que lo miro desde la distancia, admito que a lo mejor fui demasiado confiada...

–¡Fuiste increíblemente ingenua! –le recriminó Cristophe–. Yo no te contraté para que hicieras gala de tu gran compasión. Hay mucha gente que tiene una vida muy dura, pero pocos roban. Te contraté para hacerte cargo de una parte de mi negocio y esa era tu única responsabilidad. ¡Dejar que los empleados te contaran sus traumas personales y permitir que una mujer calculadora y fría nos robara no formaba parte de tu trabajo!

A Erin le costó un triunfo refrenar su enfado, pero lo consiguió porque comprendía que Cristophe tenía cierta razón.

–No volvería a hacerlo. Lo que pasa es que Sally me caía bien y la tenía por una trabajadora maravillosa. Admito que fui... ingenua...

–¿Por qué demonios no me consultaste o, por lo menos, hablaste con alguien con más experiencia que tú para que te diera su opinión? –le preguntó Cristophe enfadado–. En cuanto supiste que Sally estaba robando, tendrías que haber vigilado todas sus actividades y tendrías que haberla destinado a un puesto en el que no tuviera acceso a productos, cuentas ni dinero.

Erin elevó el mentón en actitud desafiante, pues no estaba dispuesta a dar su brazo a torcer.

–Tienes razón, pero creí que podría con la situación yo sola. No quería que tú pensaras que no iba a poder solucionarla, pero lo cierto es que tenía mucho trabajo y estaba muy estresada. Entonces, no teníamos tanto personal como ahora. Por lo que he visto, el director de ahora tiene una secretaria personal y he visto por lo menos dos administrativos en la oficina general. Yo solo tenía a Sally.

—Entonces, tendrías que haber pedido que te pusieran más ayuda —le aconsejó Cristophe sin dudarlo.

—El error más grande que cometí fue aceptar el puesto de trabajo que me ofreció el hombre con el que mantenía una relación en aquel momento. Quería impresionarte, que creyeras que trabajaba muy bien, pero lo cierto era que no tenía suficiente personal experimentado conmigo y los que más me podrían haber ayudado se mantenían distanciados de mí porque yo era la novia del jefe. Así que me centré en aumentar las ventas, en captar más clientes y en aumentar la productividad. Eso me hizo demasiado dependiente de Sally. Ahora lo veo claramente —concluyó Erin.

—Por lo menos, eres capaz de ver lo que aquella decisión errónea te costó. Sally no dudó en echarte a ti la culpa de todo mientras que ella se llevaba los beneficios económicos —remarcó Cristophe.

—No te olvides de que también te engañó a ti. Es una buena actriz —le recordó Erin—. Tú tampoco te diste cuenta de nada.

—Pero me habría dado cuenta si tú me hubieras informado de que la habías pillado robando. Bueno, ya llevamos mucho tiempo hablando de esto, así que asunto cerrado —decretó Cristophe con decisión.

—¿Ahora que ya te has despachado a gusto y me has culpado de todo? —le espetó Erin mirándolo con frialdad, pues el hecho de que la acusara de ser incompetente la había herido profundamente—. ¿Crees que era demasiado por mi parte esperar que, como me conocías desde hacía un año, hubieras cuestionado el que yo estuviera robado?

—Confieso que, después de haberme encontrado un

hombre en tu habitación, estaba dispuesto a pensar lo peor de ti −contestó Cristophe apretando los labios−. Dicen que la explicación más sencilla suele ser la correcta, pero, en este caso, no ha sido así.

Erin se volvió a sentar.

−¿Eso quiere decir que ya no crees que ese chico fuera mi amante? −le preguntó−. Dennis tenía diecinueve años, para que lo sepas.

−Lo que me llevó a creer que podía ser tu amante te lo contaré cuando lleguemos a la isla −contestó Cristophe−. Estoy sinceramente apenado por haberte juzgado mal y no haber investigado mejor hace tres años.

Erin no contestó.

¿Qué otras pruebas de su infidelidad creía tener Cristophe? No tenía ni idea y no le gustaban los misterios. Además, se había quedado enganchada en las sensaciones que acababan de intercambiar. Erin sabía que, de haberle contado cuando se produjo que Sally le estaba robando, habría llamado a la policía y había temido que la acusara a ella de incompetencia por no poner más seguridad en la tienda.

«Es cierto que fue culpa mía», se admitió Erin a sí misma.

Una decisión mal tomada que había pagado con creces.

A Cristophe no le hizo ninguna gracia que Erin se fuera un rato después con los niños y con la niñera, pero se alegraba de haberle dicho la verdad. ¡El hecho de que fuera la madre de sus hijos no implicaba que fuera a mentirle para tenerla contenta!

Tres años atrás, se había negado a hablar con ella de asuntos importantes y ahora tenía muy claro que no iba a cometer el mismo error. Cristophe decidió impaciente que era mejor hablar a las claras que tener una comunicación defectuosa.

Erin pudo lamerse sus heridas en privado porque tuvo que mantener a los niños ocupados durante toda la jornada, que terminó con un vuelo en helicóptero para llegar a la isla de Thesos. Desde el aire, disfrutó de una vista fantástica de la isla de Cristophe. Era más grande de lo que había imaginado. La parte sur estaba cubierta de pinares. También se fijó en un conjunto de estructuras bajas que había en la playa y en un pueblecito de lo más pintoresco junto al puerto.

Cuando llegaron, Lorcan estaba dormido, así que Cristophe lo tomó en brazos. Habían aterrizado junto a una fantástica villa ultramoderna rodeada de terrazas y de balcones que debían de tener unas vistas maravillosas del mar.

–Es todo muy moderno –remarcó Erin.

–Tiré la casa de mis padres hace tres años y diseñé esta porque me parecía mejor que intentar reformar la antigua –comentó Cristophe.

Tres años atrás, cuando todavía eran pareja, jamás le había hablado de aquella isla ni de la casa. No era la primera vez que Erin tenía la sensación de que Cristophe le había ocultado una parte importante de su vida y se preguntó por qué. Evidentemente, porque nunca la había considerado lo suficientemente importante como para incluirla en ella, en lo que tenía en Grecia, su hogar, donde estaba su familia.

Aquello le dolió. Sobre todo, porque meses después de dejarla se había casado con una griega.

El ama de llaves, Androula, una mujer de estatura baja y pelo castaño, salió a recibirlos. En cuanto vio a los niños, se acercó a saludarlos, pero también se apresuró a mostrarles a Erin y a Jenny dónde podían acomodarlos.

Erin se quedó perpleja al ver que Cristophe había dispuesto todo para que los niños tuvieran su propia habitación, decorada al gusto infantil, con dos camitas y un montón de juguetes.

Erin dejó que la niñera se ocupara de meterlos en la cama y aprovechó para explorar su habitación, que tenía unas enormes puertas de cristal que se abrían a una terraza con unas vistas sublimes de la playa de aguas turquesa.

—¿Crees que estarás cómoda aquí?

Erin se giró y se encontró con Cristophe.

—¿Cómo no iba a estarlo? Esto es el colmo del lujo —contestó Erin algo incómoda.

Cristophe buscó sus ojos, pero ella apartó la mirada.

—He sido duro contigo en el avión —suspiró Cristophe—. Ha sido porque me ha enfadado el hecho de que dejaras que esa mujer te hiciera pagar por sus delitos.

—Ahora eso ya está resuelto. La habitación de los niños es una preciosidad —declaró Erin intentando borrar el malestar interno que sentía—. ¿Cuándo la has organizado? ¿En cuanto te enteraste de su existencia?

—Sí —admitió Cristophe—. Como ves, sigo teniendo esa tendencia a actuar primero y preguntar después.

Erin ni se molestó en enfadarse ante aquella arrogante asunción de poder. Se limitó a girarse y a apoyar los codos en la barandilla de la terraza. Quería vengarse de Cristophe por lo que le había hecho en Italia, pero había llegado a la conclusión de que enfadarse con él, probablemente, dañaría su relación con sus hijos y no quería hacer eso.

—Jamás me hablaste de este sitio, no sabía ni que existiera —comentó.

—¿Para qué te iba a hablar de la isla si no te iba a traer? —le preguntó Cristophe con sinceridad—. La verdad es que no quería que nuestra relación se formalizara. Estaba encantado de disfrutar de lo que teníamos. Lo siento.

–No hace falta que pidas perdón –contestó Erin sintiéndose como si la hubiera abofeteado y preguntándose por qué le estaba contando Cristophe todo aquello de repente.

Por lo visto, ella se había enamorado de él y hubiera dado cualquier cosa por que su relación fuera larga y duradera, pero a él nunca le había pasado lo mismo.

¿Por qué le dolía tanto saberlo si aquello ya era agua pasada y ya no lo quería? Solo lo deseaba cuando estaba en su compañía, lo respetaba como hombre de negocios, admiraba su inteligencia y su fuerza. Erin apretó los dientes ante la larga lista de atributos y se preguntó por qué se estaba haciendo aquello a sí misma, por qué se empeñaba en recordar lo que ya no existía entre ellos.

Era la madre de los hijos de Cristophe y nada más.

–En aquella época... –continuó Cristophe fijándose en los músculos de la espalda de Erin, que estaban tensos– digamos que me costaba conectar con mis sentimientos.

–No creo que tengas sentimientos... por encima del cinturón, claro está –contestó Erin.

–¡Eso no es cierto! –se defendió Cristophe poniéndole las manos sobre los hombros para girarla hacia él–. ¡Se me revolvió el estómago cuando creí que te habías acostado con otro! ¡Aquello puso mi vida patas arriba!

–¡Pues no te quiero ni contar cómo se te quedas cuando intentas hablar con el hombre que te ha dejado embarazada y ni siquiera se pone al teléfono! –le espetó Erin con amargura.

–De haberlo sabido, me habría puesto en contacto contigo, te lo aseguro –contestó Cristophe–. ¿Por qué te iba a tratar como a una loca? Te aseguro que, en cuanto vaya a Atenas, donde trabaja ahora Amelia, le voy a exigir que me cuente qué pasó exactamente.

–Aun así, jamás te perdonaré.

–¿Acaso el embarazo fue tan horrible? –quiso saber Cristophe.

–Tuve que pedir ayuda a servicios sociales. Fue una época muy complicada que sé que no voy a olvidar jamás –reconoció Erin–. Me dieron un piso muy húmedo en el que apenas se podía vivir. Para colmo, era un décimo piso. Cuando mi madre vino a verme y se dio cuenta de cómo estaba, me dijo que me fuera a su casa. El hecho de que estuviera embarazada y no tuviera marido no le pasó desapercibido y no le hizo ninguna gracia. Mi madre es una mujer chapada a la antigua y, para ella, las chicas decentes no tienen hijos hasta que no lucen una alianza en el dedo anular, así que ocultamos mi embarazo todo lo que pudimos.

Cristophe la miró con sincera preocupación.

–¿De verdad nadie te apoyó? ¿Y tu amiga Elaine? ¿Te echó de su casa?

–No, fui yo la que decidió irse. No podía seguir pagándole. Los que sí me ayudaron fueron Tom y Melissa.

–¿Melissa?

–Su mujer. En aquella época, era su novia y vivían juntos. Se portaron de maravilla conmigo –declaró Erin.

–Entonces, estoy en deuda con ellos –afirmó Cristophe.

–Efectivamente –le espetó Erin–. No tenían mucho en aquel entonces, pero lo compartieron conmigo.

–Sin embargo, a la que más le debo es a ti, por haber traído al mundo a mis maravillosos hijos –le aseguró Cristophe mirándola sin rastro de enfado en los ojos–. No creas que no lo aprecio y que no sé lo afortunado que soy por que no abortaras. Lo valoro y te lo agradezco –insistió en un alarde emotivo nada propio de él.

Erin apreciaba lo que le acababa de decir, pero seguía molesta con él.

–Cuando estaba embarazada, solía pensar que, de haber podido elegir, tú habrías preferido que abortara. Una vez me contaste lo que hizo la novia de aquel amigo tuyo que se quedó embarazada –le recordó.

–No dije en ningún momento que estuviera de acuerdo con su elección. A lo mejor fue la correcta para ellos, pero yo no habría hecho lo mismo.

–Qué fácil es decirlo. Qué fácil es hablar a toro pasado. El mismo día que me contaste aquello también me dijiste que preferías vivir la vida sin cargas.

–No me juzgues por lo que dije o dejé de decir hace tres años. Desde entonces, he madurado mucho –le aseguró Cristophe.

«Por su matrimonio con Lisandra», pensó Erin.

Era una pena tener que deberle a las maquinaciones de otra mujer aquella versión menos arrogante y reservada de Cristophe.

A pesar de todo, se había emocionado porque Cristophe le había dado las gracias por traer al mundo a Lorcan y a Nuala. Había percibido que lo había dicho de verdad y aquello significaba mucho para ella. Cristophe se estaba tomando su paternidad con entusiasmo y energía y no parecía molesto por las responsabilidades que ello acarreaba.

Erin sintió que su muro de defensa comenzaba a perder ladrillos.

Incómoda, volvió a entrar en la habitación y vio tres sobres grandes sobre una mesa. Estaban a nombre de Cristophe y estaban abiertos.

–¿Eso qué es? –le preguntó.

Cristophe dudó y frunció el ceño.

–Las pruebas de las que te hablé. Puedes mirar lo que hay en los sobres...

–¿Por qué? ¿Qué hay?

–Fotografías. Me las mandaron durante los últimos meses que estuvimos juntos en Londres.

Erin sacó una fotografía grande y un poco borrosa de una pareja que caminaba por la calle agarrada de la mano. El hombre era su amigo, Tom Harcourt. La mujer tenía su rostro, pero no era ella.

Como nunca había agarrado a Tom de la mano, se puso a estudiar el cuerpo de la mujer y su ropa. Pronto descubrió, mirando también las otras fotografías, en las que la pareja se besaba y se abrazaba, donde estaba el truco.

–Es mi rostro, sí, pero no es mi cuerpo, sino el de Melissa. La mujer que aparece en todas estas fotografías es la mujer de Tom. Las han trucado para hacer parecer que era yo –murmuró estupefacta.

–¿Cómo? –exclamó Cristophe acercándose a ella.

–Quien te mandó estas fotografías, puso mi cara en el cuerpo de Melissa –le explicó Erin enfadada–. Lo único en lo que nos parecemos es en que las dos somos rubias, pero más allá de eso... ¿cómo pudiste no ver que no era yo, Cristophe? Melissa es mucho más bajita que yo. ¿No te diste cuenta de lo menuda que es al lado de Tom, que tampoco es tan alto? ¿Y desde cuándo tengo yo tanto pecho?

Cristophe fue fijándose en las fotos a medida que Erin establecía las comparaciones.

–Es verdad, no eres tú –admitió confuso–. ¿Cómo no me di cuenta?

–Como tú muy bien sueles decir, primero actúas y luego preguntas. Será por eso –contestó Erin–. No me puedo creer que seas tan reservado. ¡Te mandaron estas fotografías en sobres separados, es decir, tres días diferentes y no me lo mencionaste ni una sola vez! ¡Ahora comprendo por qué no te gustaba que fuera amiga de Tom!

Ciertamente, Cristophe había experimentado un cambio radical. Al principio, había aceptado perfectamente la amistad de Erin con Tom, pero, de repente, había empezado a cuestionarla cada vez que quedaban.

Erin comprendía ahora por qué.

Lo que no comprendía en absoluto era por qué Cristophe no le había comentado nunca nada, porque se lo había guardado para sí mismo.

Era terriblemente cruel darse cuenta de que había pasado un calvario por culpa de alguien que había decidido destrozar la confianza que Cristophe tenía en ella para que la rechazara. Cristophe la había abandonado y se había casado casi directamente con otra mujer.

El dolor que aquello la había provocado todavía vivía con ella. Qué rápido se había olvidado de ella. No debía de haber significado mucho en su vida. El hecho de que hubiera elegido una esposa griega rica de un entorno similar el suyo era muy significativo.

—¿Por qué no me enseñaste las fotografías cuando te llegaron? —le preguntó.

Cristophe apretó las mandíbulas y se alejó unos pasos.

—Porque tenía demasiado orgullo —admitió—. No sabía si, efectivamente, me estabas engañando, si tu relación con Tom se había vuelto demasiado íntima y afectuosa. No sabía qué pensar, dudé de tu lealtad...

—Así que, cuando entraste en mi habitación y te encontraste a un jovencito en mi cama, diste por hecho que te estaba engañando —completó Erin con resentimiento—. ¿Cómo fuiste capaz de no darme la oportunidad de defenderme?

—Siempre me arrepentiré de ello —confesó Cristophe bajando la voz, recuperando las fotografías y metiéndolas todas en un sobre—. Ahora no nos queda más remedio que vivir con las consecuencias. Me he perdido más de dos años de la vida de mis hijos. Te aseguro que no me gustaría estar en la piel de la persona responsable de todo esto.

—Lo de la habitación del hotel fue una coincidencia desafortunada —razonó Erin—. Ahora comprendo por qué no creías que necesitabas verme en carne y hueso para creer que la que estaba en la ducha era yo. ¿Tienes algún enemigo? ¿Alguna novia que se quiera vengar de ti? Tiene que ser alguien que te odie porque invirtió mucho tiempo, energía y dinero en separarnos.

—No lo sé, pero lo voy a averiguar —le prometió Cristophe atrayéndola entre sus brazos.

Luego, se inclinó sobre ella y le acarició los labios. Erin sintió que el cuerpo entero le temblaba. Siempre que Cristophe la buscaba, la encontraba. Los pezones se le habían endurecido y tuvo que apretar los muslos para contener el deseo.

—Quiero que volvamos a empezar —anunció Cristophe—. Podemos dejar toda la porquería atrás.

—Eso que tú llamas porquería, a mí me complicó mucho la vida —contestó Erin a la defensiva, sintiendo que los ojos se le llenaban de lágrimas y sin entender por qué, de repente, se sentía vulnerable e insegura.

«Quiero que volvamos a empezar», le acababa de decir Cristophe.

No se lo esperaba y no sabía qué decir.

—Los dos nos hemos equivocado y no podemos cambiar el pasado, pero podemos volver a empezar... —insistió Cristophe.

—¿De verdad crees que podemos volver a empezar? —susurró Erin.

Cristophe le tomó el rostro entre las palmas de las manos y la miró a los ojos.

—Por supuesto que podemos —le aseguró.

Erin quería creerlo, realmente quería creerlo. Cristophe quería volver con ella. Todavía la quería a su lado. Erin sintió un inmenso alivio y una gran felicidad.

Cristophe deslizó las manos hasta sus caderas y se apretó contra ella. Erin sintió su erección y el deseo se extendió por todo su cuerpo como un fuego hambriento y descontrolado. Cuando Cristophe la besó incendiariamente en la boca, estaba preparada para seguirlo.

Cristophe le quitó la blusa con impaciencia y, a continuación, el sujetador para apoderarse urgentemente en sus senos.

–Eres tan guapa, tan perfecta...

–No, no soy perfecta –protestó Erin mientras Cristophe la tomaba en brazos y la depositada en la cama.

–Para mí, eres perfecta, *klouma mou* –insistió Cristophe–. Siempre lo has sido.

El apasionado beso que siguió a su declaración mantuvo a Erin en silencio. Sentía los pezones endurecidos y Cristophe no tardó en encontrarlos y en juguetear con ellos como solo él sabía hacerlo.

El resto de la ropa fue cayendo al suelo hasta que ambos quedaron desnudos y Cristophe se tumbó sobre ella. Cuando Erin sintió su miembro endurecido entre las piernas, sintió que el corazón comenzaba a latirle aceleradamente y, cuando lo oyó gemir a las puertas de su vulva, echó las caderas hacia delante para darle la bienvenida.

Cristophe deslizó una mano entre sus piernas y encontró su clítoris, que empezó a masajear con cariño y respeto. Erin sintió una oleada de placer por todo el cuerpo. Con cada nueva caricia el calor era cada vez mayor y, al final, se encontró jadeando de necesidad.

Solo entonces se puso Cristophe un preservativo y se zambulló en su interior. Erin sintió que la excitación se apoderaba de ella por completo mientras Cristophe se movía en su cuerpo. El placer era cada vez más intenso y los llevó a ambos a alcanzar el clima al unísono.

Después, Cristophe se quedó tumbado, saciado entre los brazos de Erin y ella se sintió gloriosamente feliz.

–Ha sido... maravilloso, *koukla mou* –murmuró Cristophe abrazándola–. No entiendo cómo he conseguido mantener las manos quietas durante tanto tiempo estando cerca de ti.

–Te tendría que haber dicho que no –se lamentó Erin mirándolo a los ojos–. En Italia, me llevaste a la cama haciéndome chantaje...

–Pero me deseabas –puntualizó Cristophe besándola en la boca muy satisfecho–. Yo te deseaba y me busqué la manera de saltar los obstáculos para que pudiéramos volver a estar juntos. Ahora que he conseguido tenerte exactamente donde quería, mentiría si dijera que me arrepiento de cómo lo he conseguido.

–El fin justifica los medios, ¿eh? –le preguntó Erin.

–Sabes perfectamente que tú me deseas a mí tanto como yo a ti –contestó Cristophe con seguridad–. Nos deseamos mutuamente y punto.

Y era cierto. De hecho, a pesar de que acababa de tener un orgasmo, el mero hecho de estar tumbada al lado de aquel cuerpo tan maravilloso, hacía que sintiera de nuevo ganas de volver a empezar.

Cuando sintió la boca de Cristophe en el cuello, se estremeció de pies a cabeza y sintió que su entrepierna volvía a estar húmeda y caliente. Cristophe se colocó un preservativo, puso a Erin sentada a horcajadas encima de él y disfrutó de verla disfrutar.

–¿Te quieres casar conmigo? –le preguntó.

Erin abrió los ojos al instante y se quedó mirándolo fijamente, preguntándose si habría oído bien.

–Me ha parecido el mejor momento para pedírtelo

–le explicó Cristophe tomándola de las caderas para indicarle el ritmo que le gustaba–. No te rías...

–¡No me estoy riendo! –exclamó Erin–. ¿Lo dices en serio?

–Quiero que tanto tú como los mellizos forméis parte de mi vida –le aseguró Cristophe con la respiración entrecortada a causa de los magistrales movimientos de pelvis de Erin–. Esto es increíble, no creo que te puedas superar.

Claro que se superó. Unos minutos después, Erin disfrutó de otro orgasmo. Luego, se quedó tumbada entre los brazos de Cristophe, relajada, respirando profundamente, inhalando su olor como una adicta que hubiera estado demasiado tiempo sin su dosis.

Cristophe la quería a su lado. Y también quería a los niños. ¿Qué otros ingredientes habría en la ecuación? ¿Amor? Cristophe no se lo había ofrecido. Ni ahora ni antes.

Lo más inteligente por su parte sería concentrarse en lo que podía tener y no en lo que no podía. ¿No era acaso aquella la pregunta que siempre había querido oír de sus labios? Tampoco importaba que no hubiera organizado nada especial para pedírselo, ¿no? A no ser por los gestos que tuvo tres años atrás con ella, al conocerla, Cristophe no era nada romántico.

Seguramente, le había parecido lo más práctico. Se sentían muy atraídos el uno por el otro y tenía sentido casarse para compartir a los niños, pero le sorprendía que Cristophe estuviera dispuesto a volver a perder su libertad después de un matrimonio fallido.

–¿Estás seguro? –le preguntó.

–Estoy seguro de lo que quiero –contestó Cristophe.

–¿De verdad quieres formar una familia con nosotros?

–¿Eso significa despertarme a tu lado todas las ma-

ñanas? –preguntó Cristophe elevando una ceja en actitud divertida–. Eso es lo único que pido, eso es lo único
que quiero y que necesito.

A la mañana siguiente, cuando Lorcan y Nuala se
colaron en su dormitorio para subirse a su cama, Erin
no estaba todavía del todo convencida. Cristophe se apresuró a ponerse los calzoncillos para estar presentable y
se quedó mirando atónito cómo los niños se colocaban
entre ellos, formando una barrera infranqueable.

–¿Qué haces en la cama de mamá? –quiso saber Lorcan.

–Tu madre y yo nos vamos a casar en breve –anunció Cristophe.

–Cristophe, no te he dicho que sí –se indignó Erin.

Cristophe la miró sorprendido y divertido a la vez.

–¿Me estás diciendo que anoche te aprovechaste varias veces de mí sin tener intención de convertirme en
un hombre decente llevándome al altar?

Erin se sonrojó ante su burla y recordó el entusiasmo
que había compartido con él entre las sábanas, enten-
diendo perfectamente que Cristophe se lo hubiera tomado como un sí.

–No, no estoy diciendo eso.

–Entonces, ¿puedo seguir adelante con los prepara-
tivos de la boda?

Erin asintió con inseguridad. No se podía creer que
se fuera a convertir en su esposa.

–¿No deberíamos vivir primero juntos, a prueba, para
ver cómo nos va?

–No. Si lo hiciéramos, podrías cambiar de parecer.
Me niego a que me pongas a prueba. Poniéndonos se-
rios, creo que ha llegado el momento de que mis padres
sepan de tu existencia y de la de los niños. No quiero

que se enteren por otras personas, así que voy a ir a ver-
los después de desayunar.

–¿Viven en la isla? –le preguntó Erin comprendiendo
por qué nunca se había ofrecido a llevarla a visitar Thesos.

–Tienen una segunda residencia aquí a la que vienen
los fines de semana y durante las vacaciones –contestó
Cristophe–. Ahora mismo, están aquí.

–¿Cómo crees que se lo van a tomar?

–Creo que mi madre va estar encantada porque los
niños la vuelven loca.

–Pero no crees que yo la vaya a volver tan loca, ¿verdad? –insistió Erin incómoda mientras los mellizos se
bajaban de la cama.

–Debe de haber algún malentendido. No entiendo la
sensación que te llevaste de mi madre adoptiva cuando
llamaste aquella vez estando embarazada. Appollonia
no tenía razón alguna para pensar mal de ti porque ni
siquiera sabía de tu existencia.

Los cuatro disfrutaron del desayuno en la terraza y,
luego, Cristophe se fue a ver a sus padres y Erin se puso
el bañador, preparó la bolsa y se llevó a los niños a la
playa.

La mañana pasó lentamente y Erin se preguntó varias veces cómo estaría yendo la reunión entre Cristophe y sus padres. Bueno, con sus padres adoptivos.

Cuando volvieron de la playa, dejó que Jenny se hiciera cargo de los pequeños y ella fue a darse una ducha. Luego, llamó a su madre, le contó cómo era la isla
y la casa y, por fin, le dijo que Cristophe y ella se iban
a casar, lo que alegró sobremanera a Deidre.

Tras elegir un libro de la bien surtida biblioteca, Erin
se tumbó en un sofá bajo los árboles con la intención
de leer hasta la hora de comer.

Se estaba quedando dormida cuando oyó un ruido y comprendió que no estaba sola. Al girarse, vio aparecer a Cristophe, que parecía preocupado. De hecho, lucía una expresión de tristeza en la cara que Erin pocas veces le había visto y el pelo revuelto.

–¿Qué pasa? –le preguntó mirando el reloj y comprobando que eran las dos de la tarde–. ¿Has bebido? –añadió cuando Cristophe se sentó frente a ella.

–Puede que me haya tomado un par de copas mientras esperaba a que llegara el médico –contestó Cristophe–. Ha sido una mañana terrible.

–¿El médico? ¿Qué ha pasado?

–Mi madre...

–¿Appollonia está enferma?

Cristophe la miró apesadumbrado.

–Fue ella... ella contrató al detective privado. Jamás lo habría creído, pero es así. Mi padre está tan conmocionado... él no tenía ni idea de nada...

–¿De qué me estás hablando?

–Mi madre contrató a Will Grimes.

Erin se quedó mirándolo con los ojos muy abiertos y comprendió el disgusto de Cristophe. El dolor se reflejaba en sus ojos. Erin se puso en pie y lo abrazó porque sabía lo mucho que sus padres adoptivos significaban para él.

Le dolía profundamente verlo así, tan triste y en aquel mismo instante comprendió que, a pesar de que había intentado convencerse de lo contrario, la verdad era que seguía queriendo a Cristophe Donakis y que jamás había dejado de quererlo.

Capítulo 10

APPOLLONIA se enteró por una amiga de que tú y yo llevábamos juntos un año. Ella siempre quiso que me casara y formara una familia y se convenció de que tú me lo estabas impidiendo. Se obsesionó con la idea de que me casara con una mujer griega para que, así, pasara más tiempo aquí –le explicó Cristophe suspirando–. Así que contrató a un detective privado para que te investigara y, al final, le dijo que le pagaría un extra si conseguía que nuestra relación se rompiera.

–Qué locura –comentó Erin–. ¿Cómo se atrevió a meterse así en tu vida? Eras un adulto.

–Estaba convencida de que lo hacía por mi bien, por mi felicidad. No se paró a pensar lo que a mí me parecería su acción ni el daño que me podría causar a mí ni a ti.

–¿Y cómo has sabido que fue ella la que contrató al detective?

–Le estaba hablando de ti y de los niños y, de repente, hizo un comentario en tono burlón sobre los robos que se habían producido en el spa. Eso me ha hecho sospechar inmediatamente porque yo no le había contado nada. Evidentemente, se lo tuvo que contar el detective. Cuando se ha enterado de que eres la madre de mis hijos, se ha sentido conmocionada y culpable y lo ha confesado todo. Mi padre se ha quedado hecho polvo...

—¿Les has dicho que yo no robé nada?

—Por supuesto —la tranquilizó Cristophe—. Jamás le preguntó al detective cómo se las había ingeniado para romper nuestra relación. De hecho, no quería saber los detalles sucios. Cuando supo que había conseguido lo que quería, invitó a Lisandra a cenar y me la puso delante de las narices. Le he dicho que, por su culpa, me he perdido dos años y medio de la vida de mis hijos. Recordaba tu llamada de teléfono y ha justificado su forma de reaccionar porque realmente creía que me habías estado robando, que eras una mala persona y que su deber como madre era alejarte de mí y de tu mala influencia. Esa era su excusa y, cuando ha visto que ya no podía utilizarla, se ha ido abajo. Mi padre se ha puesto a gritarle y la situación se nos ha ido de las manos. Appollonia estaba histérica, así que, al final, hemos tenido que llamar al médico para que viniera a casa a darle un sedante... —le explicó Cristophe cerrando los ojos.

—Dios mío —se lamentó Erin—. ¿Por eso sufrió una crisis nerviosa cuando tu matrimonio se rompió?

—Sí, claro, evidentemente... se sentía culpable por haberme animado a casarme con Lisandra.

—No te lo tomes a mal, Cristophe, pero en estos momentos tu madre me parece la peor suegra que se puede tener en el mundo —comentó Erin.

—Yo me alegro de que, por fin, la verdad haya salido a la luz —contestó Cristophe decidido a encontrar el lado positivo de todo aquello—. Supongo que nunca ha conseguido recuperarse de sus nervios por el cargo de conciencia que tiene. Es una persona muy frágil, pero no siempre fue así.

—¿Y cómo se explica que tu secretaria personal tampoco quisiera que hablara contigo?

Cristophe suspiró.

–Mi madre le dijo que me estabas robando y que le agradecería mucho que no me molestaras. Supongo que Amelia debía de creer que me estaba haciendo un gran favor.

–¡Dios mío, ahora entiendo por qué no pude ponerme en contacto contigo! –exclamó Erin poniéndose en pie furiosa.

–Si te sirve de consuelo, Appollonia es la que peor parada ha salido de todo esto –le aseguró Cristophe mirando con deleite su cuerpo menudo y bien formado y apreciando el bonito biquini rojo que lucía.

Erin se dio cuenta de cómo la estaba mirando, se sonrojó y se cruzó de brazos para ocultar la reacción de sus pechos.

–¿Ah, sí? ¿Y eso?

–Tienes a sus nietos, a los que no conoce, a los que no ha visto nunca. De haber sabido que ibas a tener a mis hijos, jamás te habría apartado de mí. Todo lo contrario, te habría ayudado todo lo posible. Cuando le he dicho lo sola que has estado durante este tiempo, se ha sentido más culpable que nunca –le aseguró Cristophe.

–¿Y ahora qué hacemos?

–Vamos a ir al pueblo para hablar con el cura y para ir preparando la boda.

–¿Quieres que nos casemos aquí? –le preguntó Erin sorprendida por la idea.

–Sí, por supuesto. Traeremos a tu madre y a todos los amigos que quieras –contestó Cristophe poniéndose en pie–. Llevamos mucho tiempo separados y no quiero esperar más.

–No creía que nos fuéramos a casar tan pronto –contestó Erin–. Accedí a venir aquí creyendo que iba a ser una semana, para huir de la prensa.

Cristophe sonrió.

–Sí, pero las cosas han cambiado entre nosotros, *koukla mou*.

«Han cambiado en la cama», pensó Erin recordando lo fácilmente que había sucumbido a sus encantos.

Había dicho que sí cuando tendría que haber dicho que no, lo que había sido más que suficiente para que un hombre con la libido de Cristophe entendiera que le estaba dando luz verde.

–Apenas me acuerdo de mis verdaderos padres. Son solo una fotografía colgada en la pared –comentó Cristophe–. Los primeros cinco años de mi vida se ocuparon de mí varias niñeras que se pasaban el día repitiéndome que no fuera a molestar a mis padres porque estaban muy ocupados. Lo cierto era que nunca tenían tiempo para mí, que no les interesaba.

–Continúa –le dijo Erin con el ceño fruncido.

–No tuve un hogar y unos padres de verdad hasta que Vasos y Appollonia se hicieron cargo de mí. Ellos pasaban mucho tiempo conmigo, me hablaban, se interesaban por mis pequeños logros y me dieron amor. Todo lo que soy hoy en día se lo debo a ellos y quiero hacer lo mismo con Lorcan y con Nuala.

Erin no sabía que los primeros años de vida de Cristophe habían sido tan deprimentes. Ahora entendía su actitud, pues su propia infancia también había sido complicada e insegura.

Erin pensó que casarse con Cristophe tenía sentido porque quería que sus hijos tuvieran un padre a tiempo completo y la posibilidad de disfrutar de una vida familiar feliz.

Cristophe le estaba ofreciendo aquella opción.

Sin embargo, no habría querido casarse con ella si no hubieran tenido a los mellizos y eso le dolía. Le dolía que no la amara y que no la quisiera con la misma intensidad con la que quería a los niños.

Aquella noche la llamó Sam Morton.

—Tu madre me ha dicho que estás en Grecia y me he sorprendido.

—Nos vamos a casar, Sam.

—Sí, eso también me lo ha dicho. Entiendo que es lo mejor para Donakis si quiere tener acceso a sus hijos. Por lo que tengo entendido, ha consultado a un experto en derecho familiar de Londres para saber exactamente cuáles eran sus posibilidades. Ten cuidado, Erin. En un tribunal griego, podría hacerse con la custodia de los niños.

Erin sintió que la sangre se le helaba en las venas.

—¿Estás intentando asustarme? Nos vamos a casar, no a divorciar.

—Lo único que te estoy diciendo es que ahora le viene muy bien casarse contigo, pero que no olvides que hace tres años no quiso hacerlo.

Erin jamás lo olvidaba, no necesitaba que otra persona le recordara aquello que tanta tristeza le ocasionaba.

¿De verdad Cristophe había ido a ver a un experto legal? ¿Y cómo se había enterado Sam? Seguramente, por algún conocido.

¿Debería preocuparse? Erin se dijo que era normal que Cristophe hubiera querido asesoramiento al enterarse de que tenía dos hijos. No tenía nada de malo. Aun así, se sentía inquieta.

—Cristophe, ¿te importaría que durmiera sola hasta la boda? —le preguntó después de cenar, tras haberse preguntado varias veces si era una ingenua por confiar completamente en él.

–Si es importante para ti, no me importa –contestó Cristophe frunciendo el ceño.

–Como mi madre llegará unos días antes de la boda, me sentiría mucho más cómoda así –le aseguró Erin.

Unas semanas después, Erin y Cristophe se casaron en la ermita del puerto.

Erin llevaba un vestido de encaje blanco que dibujaba su silueta y que se había comprado en Atenas.

Su madre no acababa de entender cómo su hija se ponía un vestido blanco cuando ya tenía dos niños, pero a Erin le pareció que no había razón para que su boda no fuera el sueño que había tenido de niña.

Después de todo, amaba a Cristophe Donakis y prefería mostrarse optimista sobre su futuro.

La misa griega ortodoxa, oficiada por un sacerdote de barba con túnica negra y larga, fue tradicional y muy sencilla.

La Iglesia estaba llena de gente y de flores. Olía a incienso y a las flores de azahar de la corona que Erin lucía en el pelo. Le encantaba aquel olor, le encantaba que Cristophe la hubiera agarrado de la mano, le encantaba su seguridad.

Por primera vez en su vida, tuvo la sensación de que estaban hechos el uno para el otro e intentó no imaginarse cómo habría sido la boda de Cristophe y de Lisandra porque era evidente que él no estaba pensando en eso.

Los días previos a la boda había sido excepcionalmente frenéticos.

Erin había tenido que llevar a Nuala al hospital a Atenas para que le quitaran la escayola. Por suerte, todo estaba bien y no se la habían tenido que volver a poner.

Luego, habían ido a comprar el vestido de novia para ella.

Al día siguiente, había conocido al padre de Cristophe cuando había pasado por su casa a conocer a los mellizos. Al principio, Vasos le había parecido un hombre callado, pero a medida que se había ido confiando, a Erin le había acabado pareciendo un hombre encantador.

Le había sorprendido mucho cuando Cristophe le había contado que la empresa de su padre estaba al borde de la bancarrota y el hombre se negaba a aceptar su ayuda económica. Había comprendido rápidamente de quién había aprendido Cristophe sus principios. Aunque a veces su naturaleza volátil chocaba con ellos, como cuando la había chantajeado para que fuera a Italia con él, sabía que Cristophe intentaba respetar aquellos principios y moverse en la vida según ellos.

En un gesto de reconciliación, Erin se había ofrecido a llevar a sus hijos a casa de los padres de Cristophe para que Appollonia los conociera. A pesar de la medicación que el doctor le había prescrito, la mujer no había podido evitar las lágrimas al conocer a sus nietos, mientras intentaba expresar con voz entrecortada su arrepentimiento por lo que había hecho tres años atrás.

Era evidente que adoraba a su hijo y el hecho de que mostrara mucho cariño por Lorcan y Nuala hizo que Erin sintiera compasión por ella. Sabía que iba a necesitar tiempo para perdonarla, pero estaba dispuesta a intentarlo.

Cristophe pasaba todas las tardes con los mellizos. Erin se había dado cuenta de que los niños respondían bien ante su interés y se había percatado de lo parecidos que eran de carácter, así que había decidido que casarse con Cristophe era lo más lógico.

Lorcan estaba aprendiendo que, cuando su padre decía «no», lo decía en serio y a Nuala cada vez le daban menos pataletas. Cuando accedió a llamarlo «papá» por primera vez, Cristophe le confió a Erin que se sentía como si le hubiera tocado la lotería.

Deidre había viajado a Thesos acompañada por Tom y Melissa. Sam había rechazado la invitación, pero había mandado un regalo maravilloso.

El día antes de la boda, Cristophe los había invitado a todos a navegar. Era un anfitrión maravilloso y estaba de muy buen humor. Erin se lo había tomado como un cumplido: Cristophe estaba contento de que se fueran a casar.

Durante la semana previa a la boda se había arrepentido de dormir en su habitación, pues el sexo les daba una cercanía especial y la echaba de menos.

Cristophe tenía mucho cuidado de darle su propio espacio, de manera que Erin se había encontrado un par de noches despierta de madrugada con el cuerpo caliente y húmedo, muerta de deseo, intentando reunir valor para colarse en el dormitorio principal.

¿Por qué se sentía mal por desearlo? ¿Por qué había permitido que los comentarios de Sam sembraran dudas en su mente sobre la sinceridad de Cristophe?

En el trayecto de vuelta a casa desde la iglesia, Cristophe la tomó de la mano y acarició su alianza de platino

—Ahora ya eres mía.

—Eso ha sonado demasiado a hombre de las cavernas —comentó Erin.

—Y supongo que tomarte en brazos y llevarte a mi habitación antes del cóctel con los invitados sería todavía más cavernícola —murmuró Cristophe mirándola con ojos afiebrados por el deseo.

–No me asustes –contestó Erin sonrojándose de pies a cabeza–. Sé que eres capaz de hacerlo.

–Cuando sí que me comporté como un hombre de las cavernas completamente fue cuando te chantajeé para que fueras a Italia –mintió Cristophe riéndose de sí mismo–. Contigo cometo locuras que jamás cometería con otras mujeres. Se suponía que lo de Italia iba a ser un exorcismo...

Erin lo miró sin entenderlo y no quiso ahondar en lo excitante que sería que Cristophe la raptara al llegar a casa y se la llevara directamente a su habitación. Ese era el verdadero problema. Aunque se comportara como un cavernícola, a Erin le gustaba y le seguía el juego. De alguna manera, saberse el objeto de su deseo le producía una satisfacción única.

–¿Un exorcismo? –repitió.

–No podía dejar de pensar en ti ni en lo increíble que eras en la cama. Aquello me ponía de muy mal humor. Así que se me ocurrió que, si volvía a entrar en contacto contigo y me acostaba contigo de nuevo, me decepcionaría y podría olvidarme de ti para siempre. Me ha salido fenomenal, ¿verdad? –le explicó burlándose de sí mismo–. ¡Mira dónde estamos tres semanas después! ¡Casados!

–¿Te casaste con Lisandra en la misma iglesia? –le preguntó Erin, que ya no podía más de curiosidad.

–Claro que no. Aquella boda tuvo lugar en Atenas y fue multitudinaria. A ella le gustaban las cosas así.

–La ermita de aquí y la misa, tan sencilla, han sido maravillosas –comentó Erin.

–Es que Lisandra y tú sois muy diferentes –contestó Cristophe haciendo una mueca con la boca.

¿Se estaría arrepintiendo? Cierto dolor se instaló en el pecho de Erin. Había visto fotos de su exmujer en las revistas y Lisandra era mucho más sofisticada que ella. Seguramente, habría mucha gente que pensaría que su segunda mujer era mucho menos glamurosa y, cuando se enterara de la existencia de los mellizos, sabría por qué se había casado con ella.

¿Y qué más daba? ¿Por qué estaba tan sensible con el tema? Lo que movía el mundo, en realidad, no era el amor, sino la conveniencia. No necesitaba que Cristophe la quisiera. Era evidente que no tenía lo que tenía que tener para despertar aquellos sentimientos en él. De lo contrario, se habría enamorado de ella la primera vez, cuando todo era nuevo y arrebatador.

–Tú has ido a visitar a mi madre a pesar de lo que hizo, le has permitido estar en la boda y la has tratado como parte de tu familia –especificó Cristophe–. Lisandra jamás la habría perdonado.

–Yo no he perdonado a Appollonia tampoco.

–Pero lo estás intentando y te lo agradezco –contestó Cristophe–. Podrías haberle dado la espalda y no permitir que formara parte de nuestras vidas. Lo que has hecho es muy generoso.

–He comprendido que realmente se arrepiente de lo que hizo y creo que todos cometemos errores.

Cristophe le tomó la mano, se acercó a ella y la besó con tanta urgencia que Erin sintió su energía y se estremeció de pies a cabeza.

–Te estoy estropeando el maquillaje –se disculpó Cristophe.

–No importa –le aseguró Erin mirándolo a los ojos mientras sentía que el corazón le latía aceleradamente.

–Los invitados nos está esperando, pero primero... tengo un regalo para ti –anunció Cristophe.

A continuación, le entregó un estuche. Erin lo abrió.

Contenía un anillo de diamantes, uno de esos que toda mujer sabía que eran símbolo de amor eterno.

–Cristophe, es una preciosidad... yo no te he comprado nada.

–El mejor regalo que me puedes hacer es volver a mi cama –murmuró Cristophe.

La intensidad de la mirada que acompañó a su comentario era tal que Erin salió del coche a duras penas, pues le temblaban las rodillas, intentando mantener la sonrisa.

Erin se dijo que era cierto que la deseaba, realmente la deseaba, y eso era bueno, era sano que un matrimonio tuviera sexo aunque fuera un matrimonio de conveniencia.

Admiró los dos anillos que lucía ahora en el dedo y se dijo que pasar toda la eternidad junto a Cristophe sería como vivir en el paraíso. No se podía creer que, por fin, fuera suyo. Se quedó mirándolo mientras recibía a los dos mellizos, que corrían hacia él para que los tomara en brazos. Cuando lo hizo, Lorcan y Nuala se rieron a carcajadas.

–Qué bien se entiende con ellos –comentó su madre–. Supongo que estaréis pensando en tener más hijos.

–Ahora mismo, no –contestó Erin con franqueza–. Creo que lo que tenemos que hacer ahora es acostumbrarnos a estar casados.

–Cristophe está más feliz y más relajado que nunca. Hacía años que no lo veía así –comentó Vasos–. Os hacéis bien el uno al otro. Ojalá mi mujer no se hubiera metido por medio y no os hubiera separado cuando tendríais que haber permanecido juntos.

–Eso es agua pasada –le aseguró Erin.

–Cristophe me dijo el otro día que no os ibais a ir de

luna de miel mientras mi empresa estuviera mal, pero no te preocupes porque lo hice entrar en razón –le informó su suegro–. Por supuesto que os vais a ir de luna de miel.

Erin tragó saliva incómoda porque sabía el esfuerzo que Cristophe había hecho para apoyar la empresa de su padre, que había caído víctima de la fatal crisis económica de Grecia, pero también sabía que Vasos era cabezota e independiente.

–Está muy preocupado por ti –comentó.

–Ya se le pasará –contestó Vasos.

–No, no creo. Si tu empresa quiebra, sentirá que el fracaso ha sido suyo –le aseguró Erin bajando la voz–. ¿Por qué no dejas que te ayude?

–Jamás aceptaré su dinero.

–Sois familia.

–Cuando me hice cargo de él siendo un niño, sabía que era multimillonario y juré que jamás me aprovecharía de ello.

–Los tiempos cambian. Para empezar, ahora ya no es un niño, sino un adulto. Te adora. ¿No te parece egoísta por tu parte obligarlo a quedarse al margen, a no hacer nada y a ver cómo vas a la bancarrota? Eso lo va a destrozar.

Vasos frunció el ceño.

–Por favor, no te ofendas –le rogó Erin–. Yo lo único que quiero es que sepas cómo se siente Cristophe porque no le permites que te ayude cuando estás en apuros. Si fuera al revés, ¿verdad que harías todo lo que estuviera en su mano para ayudarlo?

–Voy a considerar tu punto de vista –anunció Vasos tras quedarse un largo minuto en silencio–. No tienes pelos en la lengua y entiendes muy bien a Cristophe.

–Eso espero –sonrió Erin yendo a saludar al resto de invitados.

Esperaba no haber dicho demasiado porque, seguramente, Cristophe se enfadaría al enterarse, pero le había
salido del alma hacerlo para ayudarlos a ambos.

Al caer la tarde, Cristophe le dijo que se iban.

—¿Adónde? —quiso saber Erin.

—Es una sorpresa.

—Pero si no tengo hechas las maletas...

—No hace falta. He encargado ropa nueva para ti y
ya la tienes esperándote en el sitio al que vamos. En
cuanto a los niños, no te preocupes. Ya he hablado con
tu madre y se va a quedar hasta que nosotros volvamos.
Vámonos...

—¿Ahora mismo? —se sorprendió Erin—. Me tendría
que cambiar de ropa...

—No —objetó Cristophe—. Ese vestido te lo quiero
quitar yo —confesó mirándola de manera inequívoca.

Volaron al aeropuerto en su helicóptero y, tras presentar sus pasaportes, embarcaron en su avión privado. Erin,
que se había despertado al alba, no podía parar de bostezar
y, con el arrullo del ruido de los motores, se quedó dormida. Cuando se despertó, se apresuró a peinarse y a ma-
quillarse un poco para estar bien antes de aterrizar.

—Me has vuelto a traer a Italia —comentó sorprendida
al reconocer el aeropuerto—. ¿Por qué?

—Porque es donde volvimos a retomar nuestra relación
aunque aquel fin de semana no nos diéramos cuenta.

Una vez en el aeropuerto, los recogió una limusina
para llevarlos a la villa. Mientras avanzaba hacia la puerta
con sus sandalias de tacón alto, Erin se dijo que Cristophe tenía razón. Además del deseo físico que sentía
por él, sus sentimientos habían renacido.

—Le he dicho al servicio que se tomara el fin de semana libre —anunció Cristophe tomándola en brazos sin
previo aviso y cruzando con ella el umbral.

Fue un gesto romántico que Erin no se esperaba y que la hizo sonreír y mirarlo con los ojos muy abiertos. Cuando sus miradas se encontraron, sintió que el mundo se paraba y su corazón se aceleraba. Una vez dentro, la dejó en el suelo y subieron juntos las escaleras, agarrados de la mano, lo que hizo reír a Erin, pues no estaba acostumbrada a aquel tipo de gestos por parte de Cristophe, que normalmente era más frío.

Al llegar a la puerta de su habitación, Erin se paró en seco, pues estaba transformada, llena de flores blancas y cientos de velitas.

El espectáculo era conmovedor.

—Madre mía —murmuró completamente sorprendida—. ¿Todo esto lo has organizado tú?

—Quería que fuera perfecto para ti.

Erin sonrió impresionada, entró y se quitó las sandalias con visible alivio, pues ya no soportaba más los tacones.

—Uy, qué bajita te has quedado —bromeó Cristophe abriendo una botella de champán, sirviendo dos copas y entregándole una a Erin.

—¿A Lisandra también le preparaste algo así? —preguntó Erin probando el champán.

Cristophe frunció el ceño.

—¿Por qué no paras de preguntar por ella?

—¿Le preparaste algo así? ¿Sí o no?

—No —contestó Cristophe—. Nuestro matrimonio no era así. Creía que te habrías dado cuenta ya de que me casé con ella para olvidarme de ti —confesó haciendo una mueca con la boca—. Salí huyendo de nuestra relación y cometí el error más grande de mi vida.

¿De verdad? Erin estaba encantada con lo que estaba oyendo. Sobre todo, aquello de que su primer matrimonio había sido un error. Aquello la compensaba por el dolor que se le había formado en el pecho al saber que se había casado con otra a los pocos meses de dejarla a ella.

Erin sintió la imperiosa necesidad de acercarse a él para abrazarlo, pero, a la vez, una inmensa tristeza se lo impidió porque tres años atrás, aunque la quería más de lo que ella creía, lo había perdido sin haber tenido ninguna culpa.

–¿No estabas enamorado de tu mujer?

–Claro que no.

–Entonces, ¿por qué te casaste con ella?

–Tras haber perdido la fe en ti, no quería salir con nadie. Mi familia quería que me casara y yo no podía dejar de pensar en ti, así que el matrimonio con Lisandra fue una catástrofe –contestó Cristophe encogiéndose de hombros–. Esta es nuestra noche de bodas y no quiero hablar de nada ahora mismo.

«No podía dejar de pensar en ti».

Erin comprendió repentinamente algo: cuando su relación se había roto, Cristophe había sufrido tanto como ella y se había casado apresuradamente con la esperanza de que eso acabara con su infelicidad.

Erin se quedó mirando de nuevo el anillo de diamantes y las flores y las velas, todo aquello que Cristophe había preparado para ella, y sintió que el corazón le desbordaba de cariño y de perdón.

Cristophe estaba haciendo cosas que no había hecho antes, estaba intentando demostrarle que sentía algo por ella y era comprensible que no le hiciera gracia que Erin se pusiera a hablar de Lisandra en aquellos momentos.

–Te quiero –le dijo Cristophe con voz grave.

A continuación, le quitó la copa de champán de los dedos, la dejó sobre la mesa y la tomó entre sus brazos. Erin vio que le brillaban los ojos.

–Estaba enamorado de ti cuando rompí nuestra relación, pero entonces no lo sabía. Desde entonces, no he podido dejar de pensar en ti. Cuando te vi en una fotografía con Sam y el resto del equipo, lo único que pensé fue en volver a verte. Me mentí a mí mismo. Me dije que era solo sexo y que lo que quería era poder olvidarme de ti, pero en realidad seguía enamorado de ti. Cuando te traje aquí aquel fin de semana y me levanté a tu lado a la mañana siguiente, supe que no quería volver a separarme de ti.

Erin sintió que los ojos se le llenaban de lágrimas y sintió que cualquier rastro de resentimiento por aquel fin de semana se desvanecía ya que se habían encontrado el uno al otro en aquella casa, habían vuelto a establecer la conexión que habían forjado años atrás.

Saber que Cristophe la quería significaba tanto para ella que apenas pudo contener el repentino brote de felicidad que la invadió.

–Cuánto tiempo hemos perdido –suspiró.

–Todavía somos jóvenes y podemos recuperar el tiempo perdido. Además, puede que al estar separados hayamos aprendido algo que necesitábamos aprender –contestó Cristophe–. Quiero que sepas que, si hubiéramos seguido juntos entonces, me habría terminado casando contigo. Lo que pasa es que entonces no tenía prisa.

–Y ahora, probablemente, habrás sentido que no tenías otra opción –comentó Erin.

Cristophe le dio la vuelta para bajarle la cremallera del vestido.

–No, he pensado muy bien lo que he hecho. No tendría por qué haberme casado contigo para formar parte de la vida de los niños y, por supuesto, podríais haber contado con mi ayuda económica. No, te he pedido que te cases conmigo porque quiero tenerte en mi vida todos los días.

Erin sonrió abiertamente y lo miró radiante mientras se giraba de nuevo hacia él para quitarle la chaqueta.

–¡Y yo creyendo que te habías casado conmigo porque era lo más conveniente!

Cristophe le acarició la mejilla.

–Ya sé que fue una manera rara de pedírtelo, quizás tendría que haber esperado a otro momento, pero no podía más. No quería volver a perderte, necesitaba saber que serías mía para siempre, *pethi mou*.

–Me gusta cómo suena eso de para siempre –contestó Erin saboreando las palabras.

A continuación, dejó caer su vestido de novia al suelo y se quedó de pie ante Cristophe con su pícaro conjunto de ropa interior en seda y encaje.

–Me gusta lo que veo, pero me vas a gustar más sin nada –comentó Cristophe–. Después de una semana entera de celibato, no puedo más.

–¿De verdad? –rio Erin enarcando las cejas.

Cristophe se rio también, la tomó en brazos y la dejó sobre la cama.

–Estás preciosa y tenías razón, tu madre ha estado más a gusto viendo que dormíamos en habitaciones separadas.

–Quería que esta noche fuera especial –murmuró Erin acariciándole el brazo.

Cristophe se sentó en el borde de la cama y se quitó la camisa, dejando al descubierto su torso fuerte y bronceado. Erin lo acarició, disfrutando de su solidez y del latido de su corazón.

–Uy, casi se me olvida, yo también te quiero –le dijo.

–Como castigo por haberte olvidado, a partir de ahora me lo tienes que decir diez veces al día –contestó Cristophe inclinándose sobre ella para besarla con pasión–. Creía que ibas a tardar mucho más tiempo en perdonarme por no haber estado a tu lado cuando más me necesitabas... y, sobre todo, por haberme casado con otra mujer.

Erin sonrió.

—No, ahora sé que tú también lo has pasado mal. Lo que no entendía era por qué, de repente, estabas haciendo cosas románticas que antes no hacías. ¿Te acuerdas de por qué discutimos por primera vez?

—Porque se me olvidó el día de San Valentín. En realidad, sabía perfectamente qué día era, pero nunca me gustó eso de los regalitos cursis porque creía que daban falsas esperanzas.

—¿Creías que una tarjetita de felicitación por el día de San Valentín hacía albergar falsas esperanzas? —se burló Erin.

Cristophe hizo una mueca.

—Entonces, sí —reconoció—. También creía que había que esperar para presentarle a tu familia a la chica con la que estás saliendo y yo no sabía si lo nuestro era serio porque solo estuvimos juntos once meses y veintitrés días...

Erin lo miró con los ojos muy abiertos.

—¿Tienes contado cuánto tiempo exactamente estuvimos juntos?

—Siempre se me dieron bien las matemáticas —contestó Cristophe.

Erin estaba impresionada. Miró a su alrededor y sonrió encantada ante lo que vio. ¡Cristophe jamás volvería a ignorar el día de San Valentín! Lo miró y se quedó encandilada en sus rasgos, tan bellos, y en la ternura de su mirada.

—¡Cuánto te he echado de menos! —le aseguró él—. Había momentos en los que algo me recordaba a ti y, de repente, las imágenes invadían mi cabeza, estabas por todas partes y, luego, recordaba lo que creía que me habías hecho y me enfadaba por volver a pillarme pensando en ti.

Erin se irguió y lo besó.

–Eso ya es agua pasada. Ahora, tenemos algo mejor y más fuerte, algo que va a durar...

–Para siempre –le aseguró Cristophe con determinación.

Erin dejó caer los párpados mientras Cristophe la besaba con pasión. Al instante, sintió que un agradable calor se extendía por todo su cuerpo y se entregó al deseo y a la felicidad si ningún miedo.

Dos años después, Erin se encargó de organizar la inauguración del primer hotel con spa de Cristophe en Thesos. Se trataba de un complejo construido en una playa desierta rodeada de pinares en el que se estaba en contacto directo con la naturaleza y no faltaba ningún tipo de lujo.

Antes de abrirse, ya era el lugar de moda para viajeros entendidos y estaba al completo para los siguientes seis meses.

Cristophe estaba de pie junto a Vasos y a Appollonia. Su relación había cambiado mucho. El tiempo había suavizado los malos recuerdos y Erin ya no sentía rencor por la madre adoptiva de Cristophe. Los nervios de Appollonia iban mucho mejor, estaba mucho más serena y se había quitado un peso de encima al confesar que su gran miedo había sido que Cristophe se enterara de lo que había hecho y jamás la perdonara. En cuanto el secreto hubo quedado a la luz, tuvo que lidiar con su culpa y tuvo que ir construyendo una relación normal con Erin y con los niños, lo que le había llevado cierto tiempo pero había conseguido.

Vasos había terminado aceptando que Cristophe le prestara dinero para salvar su empresa, pero había insistido en darle la mitad del accionariado, un acuerdo que había dejado a ambos con el orgullo y los principios intactos.

Cristophe le había agradecido sinceramente a Erin que interviniera en aquel asunto, pues había conseguido que su padre adoptivo no se mostrara tan intransigente.

Durante el primer año de matrimonio, Erin había pasado mucho tiempo visitando los hoteles de su marido, viajando mucho. Jenny y los mellizos solían acompañarla y su madre solía ir mucho por la isla. Durante el segundo año, había comenzado a supervisar los toques finales para el nuevo spa, que estaba dando muchos puestos de trabajo a la gente del lugar y que había dado el pistoletazo de salida para que otras personas se animaran y abrieran comercios y negocios dedicados al turismo en el pueblo.

Preciosa con su vestido de gala plateado, posó para los fotógrafos y saludó a Sam y a su antigua secretaria, Janice, que le hacían un gesto con la mano desde el otro lado de la sala. Hacía poco tiempo que se habían prometido y estaban a punto de empezar un crucero alrededor del mundo. Erin los saludó con afecto mientras se preguntaba cómo podía haber estado tan ciega como para no darse cuenta del afecto que Janice siempre había sentido por su jefe. Cuando Sam se había jubilado, se había dado cuenta de que la echaba mucho de menos. Una noche, la había invitado a cenar y aquello había desembocado en su segundo matrimonio.

–Está usted impresionante, señora Donakis –le dijo una voz sensual al oído mientras una mano posesiva se posaba en su cadera.

Erin se dio la vuelta.

–Cristophe, ¿cuándo has vuelto?

–Hará una media hora. Me he dado una ducha rápida y me he cambiado de ropa a toda velocidad –contestó Cristophe–. Qué paliza, menos mal que no tengo que volver a salir de viaje hasta dentro de mes y medio.

Erin paseó su mirada por su marido, tan guapo como siempre. Estaba espectacular con su esmoquin aquella noche. La fotógrafa lo estaba mirando como si se lo fuera a comer vivo, algo a lo que Erin ya estaba acostumbrada.

En aquel momento, apareció Jenny con Lorcan y con Nuala. La pequeña estaba adorable con su vestido de fiesta y se puso delante de su padre para enseñárselo, dio un par de vueltas y agarró la faldita como para hacer una reverencia.

Lorcan se sacó las manos de los bolsillos, tal y como le pidió su padre, y corrió a ver si se podía subir a una palmera enorme que había en el centro del jardín.

–¡Lorcan! –gritó Cristophe corriendo hacia él, tomándolo en brazos y volviéndolo a poner en el suelo.

–Lorcan no para –comentó su hermana en tono de superioridad mientras ponía los ojos en blanco.

La madre de Erin les abrió los brazos y los niños corrieron hacia ella, pidiéndole que los llevara a la playa.

–A ver cómo nos sale el tercero –comentó Cristophe deslizando la mirada hacia la tripa de su esposa.

–Una mezcla de los dos, ya sabes, habrá cosas buenas y cosas malas.

–Cuánto me apetece verle la cara –confesó Cristophe.

Erin sintió que la ternura la invadía y no pudo evitar abrazarlo aunque estuvieran en público. Al principio, se había preguntado cómo iban a encajar otro hijo en las vidas tan ocupadas que llevaban, pero luego se había dado cuenta de que Cristophe se había perdido la experiencia de tener a un bebé en casa, pues no lo había podido vivir con los mellizos, y se había alegrado de haberse quedado embarazada antes de lo previsto.

Tener a su hombre junto a ella, preguntando e interesándose por cómo iba el embarazo también era una experiencia nueva para ella. Jamás olvidaría las lágrimas que había visto en los ojos de Cristophe cuando les habían mostrado la primera ecografía del bebé.

La velada siguió su curso y Cristophe y Erin aprovecharon para charlar con gente influyente y socios de negocios. En un momento dado, Jenny acostó a los niños. Cristophe estuvo pendiente de toda la noche de su mujer, de su sonrisa y de sus palabras, y se alegró cuando, por fin, pudieron abandonar ellos también la fiesta.

–No puedo soportar estar separado de ti –le confesó sacándola en brazos del coche.

–Pero si estamos juntos mucho más tiempo que antes –contestó Erin.

–Desde que he descubierto que puedo hacer buena parte del trabajo desde casa, así es –respondió Cristophe tomándola en brazos e insistiendo en llevarla así hasta el dormitorio–. Sé que esos tacones te están matando, *latria mou*.

Erin se quitó los zapatos cuando Cristophe la dejó en el suelo.

–Pero son una preciosidad, ¿verdad? –contestó riéndose.

–No necesitas sufrir para estar guapa –le dijo Cristophe tomándole el rostro entre las manos.

–Eso lo dices porque tú tienes las cejas perfectas de nacimiento, por ejemplo –protestó Erin–. No es justo.

–Te querría igual aunque no te las depilaras –le aseguró Cristophe.

–Eso habría que verlo –se rio Erin.

–Lo que estoy intentando decirte es que estoy loco

por ti –suspiró Cristophe mirándola con intensidad–. Eres el desafío de mi vida.

–Pues no tienes por qué tomarme así porque yo también te quiero, con cejas sin depilar y todo –lo informó su esposa mirándolo con amor.

Cristophe se acercó a ella y la besó con ternura y Erin sintió que la cabeza le daba vueltas y que las rodillas le temblaban.

Amar a Cristophe y sentirse amada por él era como sentir una marea de felicidad, aceptación y pura dicha.

Bianca.

La atracción sería tan ardiente como la arena del desierto…

La princesa Katharine siempre supo que su destino era un matrimonio de conveniencia política. Con pena en el corazón, se preparó para conocer a su futuro marido, el hombre al que llamaban La Bestia de Hajar…

El jeque Zahir gobernaba un país encerrado en su palacio. Nadie debía ver su rostro desfigurado. Sin embargo, sus obligaciones le exigían continuar con la estirpe real…

Cuando su futura esposa cruzó el umbral, pensó que saldría huyendo nada más verlo. Pero Katharine Rauch y su diáfana mirada lo cautivaron sin remedio.

El legado oculto del jeque

Maisey Yates

Acepte 2 de nuestras mejores novelas de amor GRATIS

¡Y reciba un regalo sorpresa!

Oferta especial de tiempo limitado

Rellene el cupón y envíelo a
Harlequin Reader Service®
3010 Walden Ave.
P.O. Box 1867
Buffalo, N.Y. 14240-1867

¡Sí! Por favor, envíenme 2 novelas de amor de Harlequin (1 Bianca® y 1 Deseo®) gratis, más el regalo sorpresa. Luego remítanme 4 novelas nuevas todos los meses, las cuales recibiré mucho antes de que aparezcan en librerías, y factúrenme al bajo precio de $3,24 cada una, más $0,25 por envío e impuesto de ventas, si corresponde*. Este es el precio total, y es un ahorro de casi el 20% sobre el precio de portada. !Una oferta excelente! Entiendo que el hecho de aceptar estos libros y el regalo no me obliga en forma alguna a la compra de libros adicionales. Y también que puedo devolver cualquier envío y cancelar en cualquier momento. Aún si decido no comprar ningún otro libro de Harlequin, los 2 libros gratis y el regalo sorpresa son míos para siempre.

416 LBN DU7N

Nombre y apellido	(Por favor, letra de molde)	
Dirección	Apartamento No.	
Ciudad	Estado	Zona postal

Esta oferta se limita a un pedido por hogar y no está disponible para los subscriptores actuales de Deseo® y Bianca®.
*Los términos y precios quedan sujetos a cambios sin aviso previo.
Impuestos de ventas aplican en N.Y.

SPN-03   ©2003 Harlequin Enterprises Limited